João Reis

A noiva do tradutor

© João Reis, 2015

1ª Edição

REVISÃO

Ana de Castro Salgado

Pamela P. Cabral da Silva

CAPA

Beatriz Dorea

Impresso no Brasil/*Printed in Brazil*

Todos os direitos reservados à DBA Editora.
Alameda Franca, 1185, cj 31
01422-001 — São Paulo — SP
www.dbaeditora.com.br

Dados Internacionais de Catalogação na Publicação (CIP)
(Câmara Brasileira do Livro, SP, Brasil)

———————————

Reis, João

A noiva do tradutor / João Reis.

1ª ed. — São Paulo: DBA Editora, 2020.

Título original: A noiva do tradutor

ISBN 978-65-5826-004-2

1. Ficção portuguesa I. Título.

CDD-869.3

———————————

Índices para catálogo sistemático:

1. Ficção: Literatura portuguesa 869.3

À Ana

I

O meu regresso é triste, a chuva cai incessantemente e ponho uma mão fora da janela, o elétrico avança devagar, alguém se atravessa na linha, ouço gritaria e impropérios, este povo cansa-me, levo a mão à cara, molho-me indecentemente, a mulher sentada à minha frente vira a cara, não pode fazer outra coisa, tenho o rosto húmido, talvez seja obsceno molhar a cara diante de uma senhora que não se conhece de lado nenhum, nada sei sobre isso, o elétrico arranca uma vez mais, na rua uma mulher cheia de sacos de rede na mão ergue um guarda-chuva partido enquanto barafusta, decerto gostaria que o guarda-freio se responsabilizasse pelo estrago, bem lhe poderia pagar o conserto, ela grita tanto que ainda a ouço depois de avançarmos, não há dúvida de que tem razão, a culpa não foi dela e, se considerarmos não ter sido o acaso o causador do acidente, teremos de responsabilizar o guarda-freio, esse miserável não travou antecipadamente, esse sorna, depravado, fosse ele o vendedor de bilhetes e roubaria aos cegos sem o mínimo pudor, não admite os estragos que faz, o facínora.

Porém, o elétrico avança, o facínora conduz, isso é verdade, a chuva não abranda, sinto-me triste, a ida ao cais não me aliviou, o peso no estômago aumentou, a mulherzinha à minha frente tem um narizinho muito apetitoso, sinto vontade de o trincar, sim, é um rabanete, como apreciaria mordê-lo, ouvi-lo estalar sob os meus dentes, maravilha, esplendoroso, importar-se-á ela se eu tentar, será que sim, ou talvez não, a saliva enche-me a boca, sempre tive este problema, salivo demasiado, ela vira novamente o rosto, é uma senhora, o narizinho de perfil continua a ser um belo rabanete, mas, por Deus, tudo isto é obsceno, sem dúvida, que faço eu ao inclinar-me em frente, quase lhe tocando os joelhos, boquiaberto, um idiota, sou um genuíno imbecil! Senhoras destas não devem ser abordadas deste modo rude, de boca aberta, a saliva escorrendo pelo queixo, que figura, o descaramento de alguém para se apresentar assim a uma dama, mulheres destas nem deveriam utilizar o elétrico, não, apenas circular em caleches com os melhores cavalos, ou até nos veículos motorizados que cada vez mais circulam na cidade, encobrindo com os fumos nauseantes dos seus escapes o bom cheiro da bosta equina, sem estes odores, como poderei recordar os meses passados em casa da minha avó, rememorações impossíveis num certo futuro, iminente, dado o ritmo do progresso, ora, estas senhoras só se encontram no seu ambiente quando, no interior dessas viaturas, o motorista acelera nas curvas para as deixar no teatro, na ópera, eles abrem-lhes a porta, o cavalheirismo é o de um profissional, uma genuína fineza, estas senhoras caminham com delicadeza, sobem as escadas do teatro sob elogios, múltiplos louvores, não têm de se encostar aos passageiros, balançando de um lado para o outro, um tormento, a saca da mulherzinha abre-se, os alhos espalham-se pelo chão do elétrico, um garoto irrequieto e sem dentes ri-se, não sente vergonha daquela boca, o canalha ri-se dos alhos que rebolam pelo chão, a mulher tenta apanhá-los, ela não escapa ao cheiro a suor dos ocupantes dos lugares junto à coxia quando se acerca deles, é uma vergonha, um completo escândalo o que se passa nestes transportes públicos, ninguém se digna a baixar-se e apanhar os alhos à mulher, eu próprio o faria se não corresse o risco de ser mal interpretado, já bastou a boca aberta e cheia de saliva, o que pensariam os passageiros se me curvasse agora para a ajudar, ficando cara a cara com ela, quiçá, tricando-lhe o nariz de rabanete, um vexame, não há dúvida, todavia, poria de lado o orgulho e ajudá-la-ia, não fosse macular-lhe a honra diante destes brutos, o canalhinha ainda ri, tem uma daquelas caras que, só de a olhar, origina desejos violentos, encher-lha-ia de sopapos bem aplicados, é um pequeno idiota, aposto que cola o ranho debaixo da cadeira da escola, porcalhão, javardo, não, não posso ajudar a senhora, a sociedade não compreende a ajuda altruísta e sinto-me demasiado triste para agir, estou assolapado desde que regressei do cais, de onde a vi partir.

O navio zarpou, e ela não se despediu, não disse nada, nem um gesto, ter-se-á esquecido, é natural, tal comportamento é normalíssimo, não se faz uma viagem destas todos os dias, é difícil embarcar nestas condições, com este tempo, sim, não tem nada de estranho, como poderia ela erguer a mão e acenar-me se o vento era tal que dificilmente segurava o guarda-chuva ao subir, seguida por tantos passageiros apressados e pouco interessados em despedidas? Sim, como? No entanto, porque penso nestas coisas quando agora nada posso fazer nem sequer ajudar a mulher a apanhar os alhos, ainda não conseguiu, irra, que é demais, será míope ou tão-só desastrada? Ou, pior do que isso, tentará manter esta situação insuportável por mais tempo, só para tatear, tocar nos pés dos passageiros? Mas que depravação, este elétrico está cheio de animais, é grotesco, aquele garoto não fecha a boca desdentada, rindo-se como um idiota, e esta mulher gatinha pelo chão, atrás de alhos que nunca apanha, céus, como posso estar metido neste antro de bestialidade, e sabe-se lá quem mais estará cá dentro, eu deveria tocar de imediato a sineta para sair, narrar a situação ao guarda-freio, mas como, se também ele é um facínora da pior espécie, um ignóbil destruidor de guarda-chuvas, claro, como poderia eu esperar encontrar-me entre pessoas civilizadas se o próprio condutor é uma besta, que martírio, não pretendo rodar a cabeça e ver o que me envolve, temo o que possa ver, não estivesse a chover a cântaros e sairia já, far-me-ia bem caminhar, esquecer a tristeza da despedida, se ela pelo menos me tivesse acenado, lançado um sorriso ou um beijo de lábios tocados pelos seus dedos, aí seria mais feliz, não teria de ver este triste espetáculo, este circo de aberrações.

Contudo, não resisto, talvez me venha a arrepender, mas algo me obriga a rodar o pescoço, será porventura um ato tresloucado, não sei se ainda controlo o meu próprio corpo, alguém neste elétrico pode iludir a minha mente, não sou homem de acreditar em contos de fadas, não obstante, certos fenómenos inexplicáveis ocorrem com uma frequência demasiado alta para serem vistos como meras coincidências, trata-se de acontecimentos extraordinários, assombrações, repentinos mal-estares, treçolhos, maleitas de vários tipos, sabe-se lá de onde vêm, o facto é que viro a cabeça, o maldito rapazola continua embasbacado, de que rirá tanto, será de mim e não da mulher que ainda gatinha em busca dos alhos, a saca abre-se-lhe mais, e já vejo uma cebola a circular conforme o balanço do elétrico, não escasseiam os passageiros, a lotação não está esgotada mas pouco faltará, porquê, meu Deus, porque tenho de virar a cara, lá está ela, uma velhota com uma grande verruga, é asqueroso, nota-se também o buço, terá chegado da aldeia, a moda por aqui já não é assim, uma tristeza, não ter uma filha que lhe fale do estado em que se apresenta, a velha sorri, parece prestes a abrir a boca e soltar uma gargalhada, talvez a culpa seja do garoto imbecil, esse ruivinho imberbe cuja mãe não o educa, segue sentada a seu lado e nada diz, por favor, minha senhora, diga-lhe para fechar essa boca, essa carranca, evito olhar a velha de frente, pode querer iniciar conversa comigo, não estou em condições para isso, estou de rastos, acabado, terminado, como será a minha vida de agora em diante, ela partiu no navio, não tem data para voltar, disse que não mais me queria ver, veremos se assim será, está descontente, a vida não é fácil, sou o primeiro a admiti-lo, tenho de pensar numa solução, cogitar, mas para isso há que sair deste elétrico, a viagem não termina, prolonga-se com este tempo miserável, a chuva não cessa, obrigo-me a virar a cara para a janela, caem algumas gotas no meu ombro, sacudo-as, acumularam-se durante muito tempo, distraí-me, esta maldita mulher não apanha os alhos, é da cebola que corre agora atrás, sinto um impulso para bradar palavras desconexas, insultos!, só a custo me contenho, os passageiros pouco falam no elétrico, é invulgar, não costuma ser assim, a chuva talvez os deixe melancólicos, é curioso como a água e o fogo podem ter efeitos tão semelhantes embora se anulem um ao outro, o fascínio que sentimos diante de uma boa fogueira não está muito distante da sensação doce de chuva embatendo numa vidraça, o céu cinzento, opaco, o pôr do sol em vermelho-fogo não lhe fica atrás, sinto necessidade de esticar a mão e apanhar gotas que caem, são agulhas finas que me dilaceram a pele em minúsculos poros, tão pequenos que os não vejo, quem me dera abrir a boca e engolir a chuva, a cabeça de fora da janela, virada para as nuvens, deem-me de beber, esta saliva abundante seca um homem por dentro, que aborrecimento, este elétrico não avança, uma carroça cheia de flores está atravessada nos carris, a mula não quer andar, tem medo, estas malditas latas dos automóveis só deitam fumo, a mula não vê no meio de tanta fumarada, o dono bate-lhe, mas de nada adianta, o facínora do guarda-freio toca o sino e barafusta, levou com chuva toda a viagem e está insuportável, as pessoas entram e saem, e ele ali fica, sempre de pé a dar à manivela, trava e acelera; desta vez, o veículo não arranca, por fim, os alhos sossegam, a senhora respeitável e o seu nariz de rabanete conseguem apanhá-los quase todos, só um teima em escapulir, acaba por deslizar até aos pés do rapazola sem dentes e sorriso imbecil, o paspalho sente-o junto ao pé e dá-lhe um pontapé, o patife, outro facínora, talvez seja familiar do guarda-freio e nem o bilhete pague, a mãe não lhe diz nada, a velha da verruga abre-lhe mais o sorriso peludo, a senhora vê o alho voar na minha direção, isto é um verdadeiro escândalo, eu cheio de problemas e tenho de presenciar isto, decido tomar uma decisão, curvo-me em frente e apanho o alho, volto à minha posição original e ofereço-o numa mão aberta à senhora, coitada, não merece esta provação, ela sorri-me ao sentar-se com o saco de novo cheio, agradece-me com um meneio da cabeça ao pegar no alho que exibo triunfalmente, o garoto já não se ri tanto, o grande idiota, apanhasse-o eu num beco escuro e veria como voltaria a casa esse ruivinho imbecil, a velha talvez coce a verruga, ouço o som característico de uma unha a raspar na pele, não tenho coragem para virar o pescoço e confirmá-lo, levanto-me de repente, o guarda-freio ainda gesticula ao vendedor de flores, a mula permanece parada, faço um gesto à respeitável senhora diante de mim, reconheço o seu tormento, vivemos rodeados de bestialidade, o meu rosto húmido talvez já não seja tão recriminável, tão obsceno, quase lhe calco os dedos dos pés ao erguer-me, bato com a cabeça numa das correias de mão, avanço celeremente, não olho para trás, passo pelo guarda-freio, e ele cala-se por um instante, o sacripanta quer impressionar-me, julga-me um homem importante, é de facto repugnante ver a baixeza destas pessoas, o lodo onde estes suínos chafurdam, pois de mim não terá nada, um zero absoluto, caminho em frente, o parvalhão tenta dizer-me alguma coisa, mas avanço, que me importa se não devo sair ali, lá dentro é impossível continuar, chego mais depressa a pé, a chuva não me incomoda, salto para fora do elétrico, um pouco de humidade no rosto só me alivia, ela foi-se embora sem sequer me acenar!, afasto-me do elétrico, a mula parece fartar-se de ali estar e resolve avançar, o vendedor corre atrás da carroça, o elétrico pode seguir caminho, o sino toca, é estranho, pois sinto o cabelo empapar-se, a água escorre- -me sobre os olhos, não está vento, por isso, toda a situação se torna bizarra, que chuva será esta, o elétrico segue pelos carris, as bestas continuam todas lá dentro, nem preciso erguer o olhar do passeio, a chuva fere-me os olhos, mas, por algum motivo que desconheço, é mesmo o que faço, um qualquer fenómeno inexplicável perturba a minha mente, pode ser a partida dela, ou outra coisa qualquer, algo sobrenatural, bruxaria da pior. O certo é que olho para o elétrico e vejo a senhora respeitável que se sentava diante de mim a abanar-me um chapéu pela janela, que pretenderá ela, abre a boca e pronuncia alguma coisa, não entendo o que diz, as palavras são abafadas pela chinfrineira dos carris molhados.

A água escorre-me pela cara abaixo, levo a mão à cabeça, sim, de facto, esquecera-me por completo do chapéu, pousara-o no assento ao meu lado, a senhora respeitável deve tê-lo visto depois de o elétrico arrancar, já vai longe, não correrei, mas que vergonha, que vergonha, meu Deus, chove, e eu com tanta distância a percorrer, sem um chapéu nem um guarda-chuva, um miserável, um mendigo, Helena partiu e deixou-me aqui, sozinho, molhado, uma vergonha, o que pensarão aqueles animais no elétrico, o garoto deve rir-se desbragadamente, acompanhado pela velha da verruga, o vexame de sair e esquecer-me do chapéu, mas tudo poderia continuar bem, seria uma saída honrada, sim, se eu, pelo menos, não tivesse apanhado o alho!

II

Tiro a chave do bolso, tenho a mão fria de tão molhada, enfio a chave na fechadura, a porta do prédio está outra vez empancada, tenho o casaco completamente encharcado, maldita porta, a senhoria não arranja isto, sou obrigado a usar a força, quase estronco a fechadura, os transeuntes olham para mim, pareço um ladrão, nem sequer possuo um chapéu, um desgraçado à chuva que não para de cair, as nuvens querem fazer transbordar os rios, por fim, consigo abrir a porta, entro no vestíbulo.

As brumas apoderaram-se desta casa, dona Lucrécia poupa nos gastos, nem uma miserável velinha acesa, como é possível viver nestas condições, a avarenta cortou a luz elétrica no edifício, afirma que aquilo que recebe dos hóspedes não lhe permite tão luxuosa despesa, trabalho à luz da vela, no inverno, esforço os olhos no meu quartinho bafiento e escuro, não há respeito pelo trabalho de um homem, não, traduzir não é trabalho de pessoa séria, afinal, porque é que me pagam para escrever uns gatafunhos, verter na nossa nobre língua cartas comerciais, faturas, obras literárias do maior

calibre, deixe-se disso, homem, pegue numa enxada, faça-se
doutor das artes médicas, já não precisaria de dormir neste
quarto infeto, alugado pela senhora Lucrécia, viúva que parasita os pobres inquilinos, falando-se no diabo, lá vem ela a
descer as escadas, a megera parece um elefante, um rinoce-
ronte, aquelas patas gordas fazem todo o chão estremecer, é
um hipopótamo, um verdadeiro ungulado, que ventas!, ainda
não terminou de descer as escadas e já arqueja, uma chaleira
humana prestes a explodir, o que poupa em lâmpadas sobra-
-lhe para encher a pança, todo o santo dia me entra o odor
a cozinhados pelo quarto dentro, só tenho direito a três
refeições frugais, mas a grande batráquia refoga, assa, frita
de manhã à noite, quando por nós passa, sentimos o fedor a
fritos, proibiu-me de fumar aqui dentro, o fumo incomoda-
va-a, não conseguia deliciar-se com o cheiro dos seus estufados, a velha balofa acaba de descer e antes que a consiga
cumprimentar vem-me à ideia uma palavra, maldição, não
me lembro de que língua é, nem o que significa, *kartofler*,
sim, mas que horror, que obscenidade mental, logo quando
tenho dona Lucrécia diante de mim.

— Ora, bom dia! Hoje, ainda não o tinha visto. Não desceu
à sala durante o pequeno-almoço. Veja bem que até me traz
em cuidados! De tão preocupada, fui agora mesmo ao seu
quarto, ver se se encontrava bem. Não o tinha visto sair.

A harpia gananciosa pisca-me o olho, ou assim entendo
ser aquele movimento, as brumas não me permitem dis-
tinguir com clareza, traz uma vela na mão, mas o seu corpo

absorve quase toda a luz, é grotesco, a chuva embate e escorre pelas vidraças, sinto o frio do edifício a morder-me o corpo sob as roupas molhadas, preciso de subir, ela foi-se embora nem há uma hora e estou já neste estado, há que me recompor.

— Dona Lucrécia, não havia necessidade! Um compromisso levou-me a sair mais cedo, mas com muita pena minha. Bem sabe que aprecio a sua adorável companhia ao pequeno-almoço, deixa-me sempre radiante e com forças para enfrentar o dia, tudo isso devido ao seu sorriso!

Dona Lucrécia sorri, os seus olhos são nesgas de escuridão nos inchaços rosados que lhe cobrem o rosto, aproxima-se de mim, que bafo quente sai daqueles pulmões, é uma completa aberração, como pode a natureza permitir tal existência, contraria toda a evolução, com esta mulher a humanidade regride séculos, milhares de anos, certamente não estará ao corrente das novas teorias científicas, não é dada a leituras, já lhe trouxe revistas com artigos traduzidos por mim, porém, a paquiderme insiste que não tem tempo para leituras mundanas, prefere habitar no éter da cozinha, um universo alternativo, a maldita palavra não me sai da cabeça, quase me apetece dizê-la, tenho de me refrear.

— O senhor é sempre tão galante! Que falta faz uma velha como eu a um homem tão jovial?

Nenhuma, é certo, todavia, tenho de trabalhar.

— Muita, dona Lucrécia, nem imagina quanta falta faz a este mundo, a desgraça espalha-se como uma peste, a guerra terminou, mas outras se iniciam, somos governados por políticos descarados, corruptos, egocêntricos, o povo é inculto, a juventude está perdida, já não valorizam os tradicionais valores e a religião da nossa abençoada sociedade, sim, como vê, a senhora é uma luz que nos ilumina neste ar putrefacto, uma alma abnegada, altruísta, não olha a quem quando faz o bem. Já agora, dona Lucrécia, não me pode dar mais uma velinha?

A velha sorri-me, a palavra não me sai da cabeça, *kartofler*, maldição para tudo isto, porque é que não penso em Helena agora, neste instante, e sou perturbado por tanta estupidez, coisas inúteis, é de bradar aos céus, um suplício, nasci na época errada ou poderia ter sido uma figura da mitologia grega, um deus caído em desgraça, o salvador da humanidade condenado a sofrer eternamente diante do absurdo, uma gigantesca pedra que empurro, carrego às costas, tudo em mim quer explodir, estremeço de frio, a água escorreu-me pelo pescoço, o chapéu no elétrico, sabe--se lá onde estará agora, terei de o averiguar.

— Mas é claro, tudo para agradar aos meus hóspedes! Ah, isto não é um verdadeiro negócio, é uma família, não há quem mais bem trate aqueles que acolhe sob o seu teto.

Uma alma radiante a desta senhora Lucrécia, trata-nos como família, sem dúvida, acolhe pobres desamparados sob o seu teto, desde que lhe paguem o devido a tempo e horas, não se lhe pode exigir mais do que isso, é claro, a velha afasta-se alguns passos e, com uma das chaves do molho que traz atado à larga cintura, abre uma gaveta, tem lá dentro dúzias de velas.

— Tente poupá-la, por favor, estão ao preço do ouro e já é a segunda que lhe dou esta semana.

— Bem sei, dona Lucrécia, mas tenho de trabalhar, um homem tem de ganhar a vida!

— Essa sua ocupação é muito desagradável, consome-o. Nunca pensou em procurar outro trabalho, algum em que tenha de sair de casa, passar o dia todo num escritório, numa loja, aí o patrão paga-lhe o ordenado e as velas!

— Quem sabe, dona Lucrécia, talvez um dia, tenho pensado nisso, mas esta é a única coisa que sei fazer, não sou forte de braços, a bronquite ataca-me muito, mas pode ser que na primavera, depois das chuvas...

Dona Lucrécia sorri em aprovação, eu afasto-me lentamente enquanto falo, tenho já um pé no primeiro degrau, ela lança-me ainda palavras esbaforidas.

— O almoço vai ser uma delícia, já o estou a preparar.

— Obrigado, dona Lucrécia. Diga-me, por favor: que horas são?

— São agora oito e meia em ponto.

— Muito obrigado, dona Lucrécia, é uma fonte de inesgotável sabedoria. Só uma última coisa...

A velha acerca-se, eu debruço-me sobre o corrimão, estou curvado no segundo degrau, molho o tapete, todo o meu corpo escorre água, tirito de frio, não consigo evitá--lo, é mais forte do que eu, a gorda viúva estica o pescoço, aproximo o meu rosto, sinto-lhe o hálito dos pesados assados de domingo, ainda não os digeriu, a noite não foi suficiente, ela aguarda ansiosa, eu grito-lhe ao ouvido.

— *Kartofler, kartofler, kartofler!*

Dona Lucrécia olha para mim incrédula, não sabe o que dizer, o ouvido, quiçá , ainda retine, sofreu sob o meu grito, que hei de fazer, não controlo tudo o que se passa no mundo, o meu corpo faz parte dele, não há como o dominar por completo nem sequer em parte, estou aliviado, sinto-me muito melhor, a maldita palavra não me saiu da cabeça, não recordo o que significa, porém, soltá-la bem alto parece ter ajudado, quebrou um feitiço que tinha sobre mim, hesito diante do rosto da velha, ela não fala, eu ainda menos, decido subir rapidamente as escadas e falar sobre o ombro.

— Obrigado, dona Lucrécia, Deus lhe pague! Foi um alívio, acredite-me. Vemo-nos ao almoço.

Subo as escadas a correr, a vela na mão, não olho para trás, a minha senhoria está ainda pasmada ao fundo da escadaria, todos os degraus gemem sob os meus pés gelados, retiro a chave do bolso das calças, a minha mão continua uma pedra, os dedos mal se mexem, abro a porta, estou de regresso ao meu quarto, tremo, não tenho aquecimento, apenas uma cama, uma cadeira, um armário, uma secretária cheia de papéis e livros, um alguidar com água, já me basta de água, pouca luz entra no quarto, fecho a porta, atiro a chave e a vela para cima da cama, que frio está aqui dentro, um homem trabalha para isto, vive uma vida triste, miserável, atura imbecis o dia todo, nem um pouco de calor recebe ao voltar a casa, começo a despir-me, tiro uma toalha lavada do armário, seco o corpo, que frio, nunca mais aquecerei, talvez morra aqui, já sinto a pneumonia, sim, afeta-me, arderei de febre até à morte, dona Lucrécia não chamará o médico, tem medo, pode ser ela a pagar, não, daqui só saio num caixão, sinto vontade de tossir, a doença é galopante, fulminante, estou todo nu, só a toalha me protege, a chuva cai agora mais esparsamente, o céu aparenta querer clarear, sim, vê-se o sol irromper entre as nuvens, estivesse eu na rua e talvez assim não fosse, o universo conjuga-se para me matar, não tenho sorte, o infortúnio persegue-me, em vez de nascer iluminado por uma estrela, o meu nascimento foi acompanhado de um corno, um grande corno de boi, retorcido, branco, negro na ponta, que absurdo, não sei em que penso, a palavra volta, o alívio foi temporário, será que ela se sente bem?, o mar estará revolto, ela nunca andou de navio, ainda tem tantos dias de viagem, meu Deus, morrerei aqui, tenho de me vestir, ninguém olha pela minha saúde, tenho o estômago vazio desde o jantar de ontem, nada comi na rua, sinto-me fraco, visto roupas secas e esfrego o cabelo com a toalha, meto-me na cama, tapo-me com os cobertores, pela janela entra a luz de um Sol tímido.

III

Acordo com o cheiro a estufado, a fragrância das ervilhas penetra no quarto através das frinchas da porta, novamente o estufado... olho pela janela, há menos nuvens no céu, que horas serão, o meu relógio não tem corda, está em cima da secretária como uma inutilidade, afundado em papéis, levanto-me, consegui aquecer-me, embora me sinta ainda enregelado, talvez sejam as saudades, pelo movimento lá fora deve ser meio-dia, as funcionárias saem das lojas para almoçar, tenho de descer, penso nela, onde estará agora o navio, quem me dera ter um mapa enorme, do tamanho da parede deste quarto, onde pudesse marcar o movimento do navio, ela segue para norte, um pontinho no papel azul junto ao país pintado de rosa, um grão na vastidão contendo tudo aquilo de que gosto, porque é que a minha vida é tão triste, queimo tudo à volta, sou uma geada, de tanto pensar nela sinto a necessidade de tocar numa coisa palpável, abro o armário e procuro o seu cachecol na gaveta, ainda tem o cheiro dela, aperto-o junto ao nariz, o cheiro das ervilhas estufadas enche-me as narinas com o sebo acre em que marinam, o molho avermelhado enjoa-me, tenho de descer, o estômago ronca e clama por comida, guardo o cachecol na gaveta, fecho-a, espirro, a pneumonia já me tem nas suas garras, é, pelo menos, uma gripe, uma constipação, o espirro não se repete, talvez seja melhor pôr uma gravata limpa, dona Lucrécia gosta de me ver bem-arranjado, e nunca se sabe quando precisarei de uma nova vela, tudo isto é obsceno, uma depravação da cultura, que faço eu aqui, meu Deus, porque não vendi o pouco que tinha e comprei um bilhete no navio, ainda que dormisse num beco cheio de neve não estaria pior do que aqui, o mofo entranha-se-me na pele e faz-me apodrecer, sinto-me envelhecer a cada segundo que passa, o relógio está parado, aproximo-me da secretária.

Sobre os papéis espalhados em grande confusão, vejo um envelope com o meu nome, já me esquecera dele, sim, chegou ontem, é de Valido, o editor, essa sanguessuga, que quererá o forreta para me chamar ao seu escritório, irei lá hoje de tarde, nem um chapéu tenho para me apresentar convenientemente, levo o meu velho guarda-chuva, e ele talvez nem note, essa ratazana pouco deve reparar em tais coisas, o homem ainda vive no século passado, tem uma conta bem cheia, a caderneta tem tantas folhas quanto uma Bíblia, mas ele poupa no que pode, aposto que nem almoça só para poupar, o grande sovina deveria pagar melhor, julga-se um grande senhor por ter meia dúzia de bons livros, enfim, que me resta se não ir, o trabalho não é muito, devem-me muito, mas pagam-me pouco, para os diabos com isto tudo, apetece-me rasgar a carta; contudo, sei que lá irei.

Uma vida ignóbil, o estômago ronca cada vez mais alto, deve ouvir-se no quarto ao lado, o estudante das barbichas está porventura a dormir, disse que estudava Direito, todavia, estou em crer que estuda o fundo das canecas de vinho, é todo um profundo estudo, uma ciência complexa, todo um sistema, envolve a repetição, o eterno retorno, a história contida em si mesma, uma verdadeira maravilha, a caneca esvazia-se e volta a encher, o estudante pesquisa este processo há três anos sem sair do primeiro de Direito, já lhe disse que tem de se decidir, o velhaco torceu a boca e encolheu os ombros, usa monóculo, conquanto veja bem de ambos os olhos, até comprou uma bengala, para manter a fineza, e um chapéu de coco, assim gasta o presunçoso o dinheiro que o pai lhe envia, o papalvo, contente na aldeia por ter um filho que vai ser doutor, pobre homem, o mais provável é nunca venha a ver esse dia, *kartofler, kartofler, kartofler*, irra, é demais, insuportável, largo a gravata e remexo os papéis, onde está a maldita palavra, ouço a dona Lucrécia bater com a colher na terrina, é o último chamamento, se não me apressar, como só cascas de ervilha, largo os papéis, fito-me ao espelho acima da bacia com água gelada, morre-se aqui dentro, este espelho rachado não me traz boa sorte, têm-se passado coisas estranhas na minha vida, terei de analisar isso mais detalhadamente, alguém me saberá informar, a gravata está ótima para quem vai comer com um hipopótamo, um bode — se acordar! — e uma franga-d'água, um verdadeiro zoo, terei de cobrar bilhete aos interessados, quiçá se possa assim pagar a conta da eletricidade, dona Lucrécia dorme com o dinheiro debaixo da almofada, disse-mo a criadita que ela aqui tem, uma pobre escrava, mal sai da cozinha, a velha há de ficar corcunda com tanto dinheiro debaixo da almofada, o pescoço deformar-se-á, uma aberração, de facto, não sei se é um zoo ou um circo, falta-nos apenas a mulher barbuda, é uma pena a velha da verruga não morar aqui, teríamos uma companhia completa.

Estou com um aspeto excelente para quem pouco tem dormido, estas poucas horas na cama foram uma bênção, sonhei com ela, abro a porta, fecho-a, a chave sempre no bolso, não se pode confiar nesta gente, desço as escadas, o tapete secou enquanto eu dormia, prossigo em direção à sala de jantar, já lá estão todos, dona Lucrécia de pé diante da terrina, os vapores em seu redor, uma profetisa grega entre os enxofres da terra, o estudante reclinado na cadeira, a sua barbicha e o cabelo desalinhados, os olhos escuros raiados de sangue, é um bode, parece-me ver vestígios de vómito na camisa branca, uma pouca-vergonha diante de senhoras, a menina Sancha sempre aprumada, trabalha num escritório não muito longe daqui, diz ter muitos pretendentes, mas passa a noite fechada no quarto, decerto comunica por carta com todos esses senhores, o que está muito bem, é mais higiénico assim, uma rapariga tão fria precisa pouco do calor do contacto, as linhas de uma caderneta bancária são-lhe mais atraentes, aprecia relações ao estrito nível do papel, ela espera agora ser servida, o estudante titubeia, puxo uma cadeira e sento-me.

— Pensávamos que não vinha. Estranhámos a sua ausência ao pequeno-almoço — a menina Sancha é sempre muito gentil nas suas abordagens.

— Sim, de facto, um compromisso exigiu a minha presença num longínquo local a horas menos propícias a um repasto em presença de tão excelsa jovem, pelo que muito lamento, acredite-me. Quanto sofrimento não ver as suas belas unhas pela manhã, menina Sancha!

— Ora, ora, sempre tão galante — a menina Sancha mantém a compostura, está-lhe no sangue. — Terá, sem dúvida, sentido a falta do pequeno-almoço da senhora Lucrécia.

Dona Lucrécia olha-me de soslaio enquanto pesca ervilhas no mar de gordura. Tem seguramente o pipo bem repleto, não se apressa a encher-me o prato, o estômago solta roncos comprometedores, a minha esperança é de que os atribuam ao estroina ao meu lado. A velha barriguda ainda deve estar chocada com o meu comportamento indecente, a palavra perturba-a agora tanto quanto a mim, não me resta outra coisa que não a elogiar.

— Claro que sim, claro que sim! Quem não sente falta de dona Lucrécia, esta verdadeira preciosidade! Olhe para si, dona Lucrécia, uma verdadeira valquíria!

Dona Lucrécia vira a cara de lado, ruboriza-se, considera-se uma valquíria.

— Ora, não exageremos.

— Mas qual exagero, olhe para si, pronta a servir Odin, toda vaporosa, bem acima dos reles humanos!

— Ah, os seus conhecimentos, não percebo nada do que diz.

— A modéstia, dona Lucrécia, é um dos seus mais fortes atributos.

A frugalidade também, a ter em conta o que me boia no prato, meia dúzia de ervilhas num caldo asqueroso, penso ver também um pouco de cenoura, contudo, também poderia ser uma unha, ou uma simples ilusão, o meu cérebro tem-me pregado partidas, tamanha fartura dificilmente pode ser real.

— Ainda assim, põe-me nos píncaros.

— Claro, dona Lucrécia, uma cozinheira tão boa, uma senhora tão altruísta, um coração de ouro puro, maciço; nesta sala de jantar, entro numa genuína cena mitológica, uma valquíria diante de mim, uma ninfa na ponta da mesa: a menina Sancha...

— E eu? — consegue, a custo, grunhir o estudante.

— Você é um duende. Um daqueles duendes, um fauno, talvez um dos servidores de Baco. Sim, você é um pequeno bácoro.

— Ah, sou um bácoro.

O estudante sorri com um ar apalermado, subiu ao céu com o epíteto de bácoro, o grande imbecil, se é do meu esforço este o fruto, ai que bruto, ai que bruto, a sabedoria popular consegue ser ainda aplicada nestes tempos modernos.

— Então, agrada-lhe o estufado? Quer um pouco de arroz?

— Sim, sim, faça o favor.

Dona Lucrécia serve-me o arroz, uma papa gosmenta, cai como massa de pedreiro no prato, o molho salpica-me a gravata, o serviço já está arranjado, não tenho mais nenhuma gravata limpa, a grande porcalhona não repara em nada, meu Deus, porque tenho eu de viver nesta chafurdice?, porquê? Felizmente, as ervilhas mantêm-se no prato.

O estudante enfia a cabeça no prato, sorve o molho, a menina Sancha, sempre refinada, leva o garfo à boca e não estou certo de que mastigue, a minha senhoria come com uma colher, a grande indecente, uma falta de respeito, de dignidade, e agora, como me apresentarei ao Valido?, aquele fuinha vive como um texugo, mas é homem para reparar no que visto, ou não?, já não me lembro ao certo do que é ele capaz, a gravata está engordurada, a minha Helena no mar, será que me ouves?, um pontinho no azul, o navio larga fumo pelas chaminés, eu rodeado destes imbecis, que boçalidade, há que juntar dinheiro para o bilhete e partir, ela prometeu-me um telegrama quando lá chegasse, esta miserável Lucrécia não tem telefone em casa, com o dinheiro que ganha bem que o poderia fazer, não contribui em nada para aumentar as comodidades dos seus hóspedes, terei de ter uma conversa séria com ela, talvez chegando a primavera e os dias estando maiores, não preciso de velas nessa altura, posso até sentar-me num jardim com os meus papéis, desde que não esteja vento e eu consiga lá chegar vivo, sinto uma ligeira comichão na base da garganta, talvez seja tosse, o frio ataca-me as vias respiratórias, se me escapar sem uma pneumonia dupla terei sorte, maldito elétrico conduzido por um facínora, aquele garoto desdentado também teve a sua culpa, esqueci-me do chapéu, será que o consigo de volta, em que cabeça estará agora enfiado, possivelmente abunda em piolhos, carrapatos, esta gente não se lava, não há condições de higiene, só sinto o cheiro destas latas ambulantes que inundam as ruas, e um cheiro pestilento a urina, alcatrão e porcaria, esta cidade é uma lixeira, um antro de conspurcação, espero que os estrangeiros bebam o suficiente para não notarem este odor horrível, sentem-no mal saem dos navios, não é um cheiro a lodo, mas a humanidade concentrada, pessoas a mais, a chuva limpa-o em parte, contudo, há um fedor eterno proveniente das caves, dos esgotos, das canalizações, dos caixotes do lixo, as pessoas são as que mais fedem, engulo o arroz e as ervilhas, tudo bem regado com molho, a gordura saciar-me-á durante horas, ficarei aliviado neste dia húmido.

— Minhas senhoras, peço perdão pela minha invulgar rapidez na degustação desta refeição, mas tenho de me ausentar e não poderei desfrutar da vossa alegre companhia por mais tempo. Espero encontrá-las ao jantar.

Levanto-me da cadeira; as mulheres limpam a boca com guardanapos, o estudante faz um gesto de quem deseja erguer-se e dizer alguma coisa, retrai-se e permanece calado.

— Senhora Valquíria, menina Ninfa, senhor Bácoro: até logo.

As mulheres tartamudeiam, riem-se como colegiais, o bácoro grunhe, afasto-me da mesa, alcanço a escadaria

obscura, o céu está muito nublado, subo os degraus dois a dois, pretendo sair quanto antes, abro a porta do quarto e procuro o guarda-chuva no armário, coloco a carta do editor Valido no bolso, olho-me rapidamente ao espelho, visto o casaco, ainda está um pouco húmido, tenho apenas um, esvazio os bolsos das calças molhadas e transfiro o conteúdo para aquelas que uso, fecho a porta, desço as escadas, logo em seguida encontro-me na rua, o guarda-chuva debaixo do braço, resolvo caminhar até ao escritório do fuinha e, assim, poupar no bilhete de elétrico, os passeios estão molhados, há poças por todo o lado, as carroças misturam-se com os automóveis, uma menina vende laranjas, compro-lhe uma por compaixão, tem as faces sujas, que diabos, o que custa lavar a cara a uma criança, será com certeza um estratagema para enganar papalvos como eu, bem, já comprei a laranja, a menina não tem culpa, sorri-me com a sua boca desdentada, meto a laranja no bolso, caminho e rodo o cabo do guarda-
-chuva na mão, não chove de momento, sinto uma repentina vontade de fumar, já não o faço desde ontem, sou homem de poucos vícios, levo a mão ao bolso direito e daí tiro a caixa de fósforos e um cigarro que enrolara antes, infelizmente, está um pouco molhado, mas não tenho mais, terá de ser este, estaco e protejo com uma mão a chama trémula do fósforo, o inverno é terrível para os fósforos, que coisa horrível é ser um fósforo, existir só para arder, será que este momento se repete vezes sem conta, o universo expande-se e contrai para voltar a criar-se, um demiurgo mexe e remexe os átomos, este

fósforo já pode ter ardido centenas de vezes, eu molhei os pés outras tantas, que vida ridícula seria, não, espero sinceramente morrer e ficar bem enterrado, isto não deixa saudades, a única alegria é Helena, os seus olhos e cabelos escuros, a pele branca que se ruboriza quando a timidez a surpreende no seu recato, a covinha que lhe surge na face esquerda ao sorrir, as suas características estão a bordo de um navio, quantas milhas terá percorrido, talvez a partida se repita no tempo, desejo que assim não seja, o cigarro seca por fim, já usei três fósforos, consigo agora acendê-lo, guardo a caixa de fósforos no bolso, ergo a cabeça e expiro o fumo pelo nariz, o guarda--chuva preso ao cinto, sou ridículo, um pinguim, nem no zoo me querem, algumas pessoas passam em passos lentos, quiçá merecessem um espetáculo da minha parte, saltos e rodopios no ar, sim, gostariam de assim me ver, claro, mas viro a cara e vejo uma casinha amarela, um pequeno jardim defronte, uma camélia, roseiras, um limoeiro carregado de frutos, a casinha é acolhedora, tem uma chaminé baixa que parece um banquinho, gostaria de me sentar lá em cima, sobre a porta de entrada uma estrutura de ferro e vidro protege o vestíbulo da chuva, as janelinhas têm esquadrias de madeira pintada de verde, a cor do portão e das grades, tudo isto é mimoso, recorda-me algo, sim, lembro-me de aqui passar com Helena, parámos neste mesmo sítio numa das nossas caminhadas, e ela ficou encantada com a casinha, sorriu, perguntei-lhe se gostava dela, ela respondeu que adoraria morar aqui, disse-o com tristeza, não temos dinheiro para a comprar, ela talvez já pensasse na partida, eu não sabia de nada, se esta casa fosse minha, poderíamos casar-nos, ela regressaria sem vontade de partir, sim, esta casa poderia ser a solução, porque não pensei nisso antes?, quem morará aqui?, vejo um gato gordo à janela, deve ser de alguma velha bafejada pela sorte, para que precisa disto uma velha, há que dar lugar aos novos, tantas guerras, mortes, doenças, pestilências várias, crises, golpes de Estado, insurreições, os preços sempre a aumentar, uma obscenidade, deveria ser obrigatório ceder estas propriedades a partir de uma certa idade, bem, é possível que a velha ou quem quer que seja pense em vender a casa, passarei aqui mais tarde, preciso dirigir-me ao escritório do fuinha, se as secretárias tiverem saído para um qualquer recado, ele não me abre a porta, é uma personagem demasiado importante para se dignar a receber visitantes, sempre ocupado, anota todos os gastos nos seus caderninhos sebosos, cada vela é escrupulosamente contabilizada, os tinteiros valem ouro, tiro o guarda-chuva da cintura e olho uma última vez para a casa, é muito engraçada, sem dúvida, um primor, uma mulher torna-se ainda mais elegante numa casinha destas, talvez a pinte de cor-de-rosa, sim, ficaria bem, Helena com o seu casaco e o cachecol diante da fachada acabada de pintar, um gato à janela, as roseiras em flor, posso plantar uma amendoeira, tem um quintal atrás, consigo percebê-lo, esta casa é a salvação, a solução, lamento que isto não me tenha ocorrido mais cedo, é uma excelente ideia, tocarei à campainha quando por aqui passar, mas, agora, tenho de continuar em frente.

IV

As ruas estão enlameadas, este bairro é um lodaçal, o ideal para um fuinha como o Valido, percorro os últimos metros com cautela, o guarda-chuva ajuda-me, receio escorregar, nem mulas conseguiriam caminhar aqui, sinto uma dúvida momentânea, pretendo verificar se tenho comigo a carta, os bolsos estão ocupados, num deles uma laranja, noutro as chaves, cá está a carta, amolecida por tanta humidade, tenho-o na mão quando bato à porta, espero alguns instantes, volto a bater, pouco tempo decorre até uma mulher ma abrir.

— Boa tarde, minha senhora.

Levo a mão à testa, num gesto para erguer o chapéu que não tenho na cabeça.

— Boa tarde. O que deseja?

— Recebi ontem uma carta do senhor Valido, pedindo-me que o visitasse nas suas sumptuosas instalações, nesta agradável rua. Aqui tem, se o desejar confirmar.

— Sim, claro, pode entrar.

Entro, ela fecha a porta, está muito escuro cá dentro, apenas uma vela acesa numa secretária, a luz quase ocultada pela pilha de documentos que se alonga até ao teto, não vejo mais ninguém na sala, há portas fechadas para outras divisões, cheira-me a alcatrão queimado, algo de estranho se passa, parece-me até sentir um ligeiro odor a enxofre, o fuinha do Valido seria capaz de vender a alma para garantir um livro que lhe desse mais prestígio, mais dinheiro, fosse eu o diabo e aceitaria uma proposta dessas, Valido é um bom servo dos poderes ocultos, uma doninha infernal, não, este cheiro não é normal, um arrepio percorre-me as costas, pode ser da corrente de ar provocada pelo movimento da porta, ou tão-só outra coisa inexplicável, este lugar tem más vibrações, ah, Helena, se aqui estivesses e te contasse tudo, rir-te-ias de mim, um pateta, sim, perdi a minha consciência externa, quem me ajudará agora a saber o que está certo e o que está errado?, Valido não será certamente, olho em meu redor e pouso o guarda-chuva num bengaleiro muito sujo, há pó por todo o lado, faz-me comichão no nariz, nada disto ajuda a minha pobre saúde, tenho a garganta e os pulmões atacados, o meu corpo é um campo de batalha, *kartofler*, por Zeus, isto teima em surgir, há aqui coisa ruim, não gostei de como a velha com a verruga olhava para mim no elétrico e, agora que penso nisso, a mulher tinha cara de bruxa, é grotesco, um homem envolve-se em situações obscuras ao utilizar os transportes públicos, começarei a caminhar mais vezes, é um bom exercício, ajuda a desgastar a gordura ingerida nas refeições de dona Lucrécia, essa sim, seria um bom par para o Valido, dois forretas do mais elevado calibre, um dia, tenho de os apresentar um ao outro, a secretária aí vem, ajeitando o cabelo, as repas parecem incomodá-la, irritam-lhe a suave pele da testa: é possível, já ouvi falar em tais casos.

— O doutor Valido pode recebê-lo. Acompanhe-me, por favor.

Sigo-a, o doutor Valido!, céus, o homem é tão doutor quanto o estudante meu vizinho de quarto e tem o descaramento de anunciar que me pode receber, como se tivesse o dia ocupado com audiências, o grande rei Salomão, nesta cidade não se faz nada sem previamente se consultar o doutor Valido, o génio, este homem não pôs eletricidade no escritório porque ele próprio trabalha num revolucionário sistema elétrico da sua autoria, os seus feitos são conhecidos além-mar, não, neste país não se valorizam as pessoas, não se apoia esta capacidade mental, a secretária afasta-se e fecha a porta atrás de mim, fico diante deste Prometeu contemporâneo, pelo menos, suponho que sim, pois não o vejo, a sala está numa escuridão quase absoluta, os livros amontoam-se em colunas maiores do que um homem, ao fundo distingo uma escrivaninha.

— Senhor Valido?

— Sim, sim, aproxime-se.

Receoso, dou alguns passos em frente, presumo que esteja sentado à escrivaninha, assusto-me de morte quando ele surge detrás de uma coluna de livros, irra, o homem é decerto um servo dos poderes diabólicos, o cheiro a enxofre acentua-se.

— Que susto! Não o vi aí, nesta escuridão.

O fuinha sorri, penso ser um sorriso o esgar que lhe contrai o rosto. Os óculos caem-lhe até à ponta do nariz, estão muito largos, deve tê-los comprado na feira, aposto que não sabe se têm a graduação indicada, traz uma vela minúscula na mão.

— Ah, sim, a luz prejudica-me a visão, sou muito frágil.

— Sim, talvez lhe prejudique a carteira, também. — Mas sente-se, por favor.

Ele caminha até à escrivaninha e senta-se numa cadeira, só lhe vejo a cabeça, procuro uma cadeira para mim, só avisto montes de livros e papéis, a vela arde em cima do tampo da escrivaninha, ele fita-me em silêncio, espera que me sente, não vejo cadeira nenhuma, sento-me numa grande pilha de livros de aspeto resistente, ele parece ficar satisfeito.

— Fico muito satisfeito por ter acedido ao meu pedido.

— Não tem de quê, senhor Valido. É um prazer.

— Pois bem, vou direto ao assunto, não quero fazê-lo perder tempo sem necessidade.

Penso, por um momento, em reclinar-me na cadeira, doem-me as costas, evito-o ao lembrar-me de que estou sentado em cima de livros, o que tenho eu sob as minhas pernas, céus, as capas são horríveis, dizem que o Valido obriga a filha a compô-las juntamente com o tipógrafo, o sovina não tem dinheiro para mais, terá porventura muitos gastos com a sua prole, é um homem que espera ganhos com os seus investimentos, são estes indivíduos que fazem o mundo evoluir, os seus esforços são amiúde louvados, quem sou eu para os avaliar, sento-me aqui, não passo de um mero tradutor na escuridão, pelo menos não se veem as manchas de gordura na gravata, o texugo prossegue, é parco nas palavras, certos hábitos de poupança não se perdem facilmente.

— Tomei o conhecimento de que realizou uma certa tradução para a editora do doutor Szarowsky; será verdade?

— Sim, é certo, traduzi um livro da série «Batalha». O primeiro tomo.

— Sim, refiro-me a esse mesmo. Pois bem, soube através de terceiros que a tradução está parada há cerca de dois anos e contactei o autor, que me informou de que a editora do doutor Szarowsky não cumpriu o estabelecido no contrato, perdendo todos os direitos sobre a obra. Assim, adquiri os direitos dessa magnífica série, internacionalmente aclamada.

— Os meus parabéns por tão expedita empresa, senhor Valido.

O fuinha esboça um sorriso, outro esgar asqueroso, a sua cara contorce-se em rugas, é um figo seco. Odeio o livro, na verdade, abomino todos os livros da série, a arte também vive de modas estranhas, usa os seus chapéus com penas de avestruz, perucas, pó de arroz, nada disso ficará na História, o livro é um rol de banalidades e situações execráveis, em nada favorece a Literatura, mas um homem tem de ganhar a vida.

— O meu amigo perguntar-se-á porque lhe conto isto. É simples: soube que tinha realizado essa tradução e, como pretendo iniciar o lançamento dessa série, muito em breve, gostaria de adquiri-la. Neste sentido, falei com o doutor Szarowsky, que me informou aceitar as condições propostas.

— Sim, mas... — a conversa irrita-me, desejo levantar-me e deitar estas pilhas de folhas ao chão, fazer tombar a escrivaninha, cerro os punhos, ele abre a boca.

— Sim, mas?

— A editora do senhor Szarowsky ainda não pagou o que me deve há mais de dois anos.

O fuinha reclina-se na cadeira, que range. A chama da vela treme.

— Ora, que contrariedade. Já paguei ao doutor Szarowsky, e ele disse-me que estava tudo em ordem!

— Sim, mas garanto-lhe que não está.

— Presumo que poderá falar pessoalmente com o doutor Szarowsky.

— Sim, terá de ser. E também gostaria de lhe entregar uma cópia da tradução, pois o senhor Szarowsky toma demasiadas liberdades com o trabalho dos outros, como se conhecesse a língua original, logo ele, que decide publicar os livros sem os ler. Veja lá que queria que eu eliminasse todas as referências à neve porque no nosso clima desconhecemos tal fenómeno, queria talvez que usasse chuva...

— Agradeço-lhe imenso; no entanto, já temos a obra em preparação na tipografia.

Faz-se silêncio. O fuinha parece um figo seco e, além disso, excessivamente mirrado, o figo seco que todos apartam até ser o último na mesa.

— Mais alguma coisa? — pergunto.

— Ah, sim, claro. Pretendo que realize a tradução dos tomos seguintes. Gostaria de falar consigo sobre preços, que, segundo me constaram, são muito razoáveis no seu caso (o figo seco sorri de prazer), e datas; farei questão de lhe dar um prazo mais alargado do que aquele que teve na referida tradução. Poderemos falar em breve, muito em breve... talvez amanhã, à mesma hora?

— Sim, com certeza.

A vela está quase apagada, penso no Szarowsky, esse empertigado, um ser nojento, um caloteiro, roubou-me horas de vida e não me pagou, se o tivesse feito talvez estivesse agora num navio, quem sabe, pagar passado tanto tempo é como não pagar nada, ah, não há justiça neste país, o figo seco pigarreia, percebo que não há mais nada a dizer, levanto-me e estendo a mão.

— Senhor Valido, até amanhã. Foi um prazer.

— Igualmente.

Aperto-lhe a mão viscosa, é seca e húmida ao mesmo tempo, uma mão de réptil mumificado, ele não faz força na mão, os dedos são uma gosma, moles, sempre me impressionei negativamente com mãos que não cumprimentam, são pessoas desleais, escondem as forças, são picuinhas, moscas mortas, impotentes, tarados, o seu ambiente é o éter sulfuroso dos pântanos, sinto de novo o cheiro a enxofre, isto é demasiado para um homem honesto, um Inferno, quero limpar a mão às calças, a um papel, a qualquer coisa, tento controlar-me, esperar até sair deste covil, o fuinha quer recolher-se na toca, abro a porta, a chama da vela treme, faço um último movimento de cabeça na sua direção, ele responde-me do mesmo modo, fecho a porta, passo pela secretária sentada, continua a mexer nas repas do cabelo, minha senhora, não use esse penteado, nem todas o podem fazer, digo-lhe boa tarde, pego no guarda-chuva, ela levanta-se da cadeira, todavia, sou mais rápido e encontro-me na rua antes que ela me alcance.

Ah, o ar puro, a rua com lodo, levo a mão ao bolso em busca de um cigarro, só tenho fósforos, chaves e uma laranja, esqueci-me de comprar tabaco, prefiro as poças de água cá fora do que o mofo dentro do covil, um novo arrepio percorre-me as costas, tenho de ver o que se passa, ou os pulmões estão atacados ou é coisa ruim, preciso de Helena para me aconselhar, que estará ela a fazer neste momento, será que lê no camarote, observa o mar sobre a amurada do navio, sim, o que fará ela?, tenho de ir ao escritório do Szarowsky exigir o meu dinheiro, este ajudará na compra da casa, poderei enviar-lhe uma carta a explicar tudo, talvez até lhe ligue, se ela puder atender chamadas, se tiverem lá um telefone, a neve pode derrubar os fios, a vida é muito difícil de se viver, parto rumo a mais um covil de ignomínia.

V

Deambulo pela cidade, sei a morada de cor por tantas vezes lhe exigir o meu dinheiro, já lá não vou há alguns meses, dava o valor como perdido, é tudo uma grande pouca-vergonha neste país, não há civismo, honestidade, nada, é tudo uma podridão, sigo pela rua longa e calcetada, há bancadas de fruta de ambos os lados, só maçãs, peras e laranjas, que monotonia, nem isso dá cor a esta terra pardacenta, chego ao edifício onde uma bela placa de bronze indica «Dr. Szarowsky, Advogado».

Levanto o guarda-chuva e com a sua extremidade toco a sineta, aguardo um pouco, a porta é aberta por uma jovem secretária, este cabeça de porco do Szarowsky usa simultaneamente as instalações para a advocacia e a edição, nem por isso teve dinheiro para pagar o que me devia, o grande parasita, não ficou sem comer por isso, eu tenho de sobreviver com ervilhas da dona Lucrécia, e ele viaja pelo mundo, conhece todas as termas, cidades, ruínas, come como um rei, fuma charutos importados, eu tenho de trabalhar à luz da vela, ele finge trabalhar, mas tem o escritório cheio de luz elétrica, não lhe falta dinheiro, isto parece um hotel dos bons, um luxo, a secretária deixa-me entrar.

— Aguarde um momento, por favor. Irei verificar se o doutor Szarowsky o pode receber.

Todos eles têm agendas muito ocupadas, não entendo como nunca vejo ninguém quando os visito, talvez tenha muita pontaria, pode ser bruxaria, sinto outra vez um cheiro estranho, não é enxofre, aqui trabalha outro demónio, cheira a queimado, isto parece-me demasiada coincidência, um oculta-se na sulfurosa escuridão, o outro exibe-se na estorricada luz, cheira a corpos queimados, almas que ardem no submundo, quiçá seja o Tártaro, o Hades, as almas vagueiam sem se recordarem de nada, isso explicaria muita coisa, Szarowsky esqueceria, sem dúvida, as dívidas, pobre homem, trabalha no Hades, pouso o guarda-chuva no bengaleiro, está ainda seco, com toda esta luz o maldito caloteiro olharia de soslaio para a minha gravata e eu nem sequer tenho um chapéu, o que dirias se me visses agora, Helena, partiste há horas, e estou neste estado lastimável, contraí porventura uma grave doença, a secretária regressa, retoco a gravata.

— O doutor Szarowsky pode atendê-lo. Siga-me, por favor.

Salas iluminadas, aqui não há livros espalhados, tudo tem classe, entro no gabinete do ilustre editor, a secretária que parece uma galinha sai, não sei qual o motivo, contudo, lembra-me um galináceo, talvez por conta da barbela, Szarowsky levanta-se muito a direito, o homem não dobra as costas, tem um pau atracado à coluna desde pequeno, não há outra explicação, cumprimenta-me com fastio, é notório, os seus olhos detêm-se prolongadamente na minha gravata, uma das comissuras da boca torce-se-lhe, sente-se incomodado, mas, claro, isso seria de esperar, venho incomodá-lo no seu Hades particular, apresentando-me com manchas na gravata, cheira aqui a queimado, é um odor intenso, alguém terá queimado pão cá dentro?, Szarowsky arranja o cabelo loiro, julga-se um galã, este homem é ridículo, um verdadeiro suíno.

— Sente-se, meu caro. Então, o que o traz por cá?

O imbecil pergunta-me o que me traz cá, como se não existissem motivos suficientes para o visitar todos os dias até morrer, grande parasita, ladrão, rouba trabalho e vida às pessoas, faz-se passar por grande doutor, é seguido por lambe-botas, acham que tem muito cuidado gráfico na sua editora, o conteúdo não interessa, nunca interessou, de facto, ah, sou uma besta, nunca soube para onde soprava o vento, talvez soubesse, porém, não quis segui-lo, toda a vida a lutar contra a corrente, mas estes triunfam, eu sou o amador, estes imbecis engravatados reúnem-se nas festas, enfiam croquetes e canapés na boca como se não comessem há séculos, miseráveis, o público aplaude, não lhes interessa se ele fica a dever dinheiro ao tradutor, ao tipógrafo, à mulher da limpeza, não é nada com eles, os porcos triunfam.

— Acabei de me encontrar com o senhor Valido, o editor. Ele comunicou-me que adquiriu a série «Batalha» e que lhe comprou a minha tradução. Ora, por mim, tudo bem, mas, como compreenderá, eu continuo sem receber um único centavo. Além disso, o senhor Valido está, pelos vistos, convencido de que o doutor lhe disse estar tudo em ordem e, de facto, não recebi de sua parte nenhuma informação, foi-me tudo ocultado...

Enquanto falo, Szarowsky remexe-se na cadeira, não sossega, embora mantenha as costas sempre direitas, é um homem muito aprumado, tem um charuto na mão, todavia, não me ofereceu nenhum, tem um copo de vinho tinto em cima da secretária, mas eu nem um copo de água posso beber, outro sovina, conquanto se faça pagar bem, custa-lhe abrir a bolsa, o grande idiota julgava que enriqueceria na edição, editando meia dúzia de livros, todos sabem disso, o labrego disse em conversas que ganharia fortunas, um idiota descomunal, só mesmo a tiro, tantos mortos na guerra e ficaram estes a conspurcar o mundo, presunçoso, como é advogado, sabe que a justiça não funciona, tentei processá-lo pela dívida, mas nada avançou, ele acabou a rir-se... na minha cara!, perde-se dinheiro em requerimentos legais e não decidem nada, o juiz está doente, o presidente é deposto, os vigaristas riem-se... uma galhofa... neste país, ainda estamos na Idade da Pedra, ele arrasta-se para a borda da cadeira e interrompe-me.

— Meu caro, tem toda a razão, foi um lapso imperdoável de minha parte. Tenho andado assolapado de trabalho, a minha secretária esteve doente, a minha querida sogra faleceu, enfim, contrariedades da vida que provocam vários transtornos a nível profissional. Mas não se preocupe — abre a gaveta da secretária —, porque isto fica já resolvido. Quanto lhe devo?

Abro a boca para falar, ele levanta uma mão e continua:

— Sim, tenho aqui anotado algures, verifico já. Sim, cá está, sabia que o tinha aqui. Vou passar-lhe um cheque, e tudo isto termina de excelente modo.

O imbecil assina o cheque e passa-mo sobre a secretária, talvez não tenha cobertura, os bancos já fecharam, confirmá-lo-ei amanhã de manhã, olhem só para isto, ainda me roubou uns centavos, não me incomodarei mais com isto, só de lhe ver a cara vem-me um vómito à boca, cheira a queimado, é satânico, reparo que Szarowsky não é o seu último nome, na verdade, tem mais três apelidos depois desse, o grande imbecil usa-o só para parecer mais requintado, que grande labrego, os outros nomes são vulgares, é preciso ser muito presunçoso para se fazer algo assim, o cabeça de porco caloteiro é bem um produto desta sociedade, ah, como se regozija em chafurdar na lama. Recuso, porém, agradecer-lhe, pois ele deveria pedir-me perdão de joelhos e pagar juros de mora.

— Certo — ponho o cheque dobrado no bolso da camisa, protegido pelo casaco. — Bem, tive muito gosto. Não o maço mais.

Levanto-me, o imbecil ergue-se como se tivesse um fio de prumo preso ao pescoço, o charuto na mão.

— Espero que não guarde rancores! Tem de perceber que as coisas não correram como esperado, tentei conciliar esta paixão com a advocacia, não foi fácil. Mas tentámos fazer uma coisa nova, reinventar o cânone.

Reinventar o cânone! O cânone! Meu Deus, tivesse eu uma arma e desgraçava já a minha vida!

— Entende a situação, não? Lida com tantos profissionais da área, sabe bem como marcámos a diferença. No entanto, continuaremos por aí, a nossa missão não terminou, não. E digo-lhe mais: recomendá-lo-ei a outros interessados, e aviso-o se me surgir uma situação que requeira os seus serviços na área da advocacia — levou o charuto à boca; nunca chegara a acendê-lo. — Sim, tentámos reinventar o cânone!

Uma cabeça loira execrável, aquele charuto na boca é o auge do horror, o terror vive aqui uma época áurea, entrei no reino do grande cabeça de porco do Inferno, cheira a queimado, só quero o dinheiro para uma casa, umas cortinas novas, um pouco de tinta para as esquadrias, talvez uns arranjos internos... uns canteiros de flores... que faço diante deste energúmeno, é demais para um homem honesto, sinto uma dor no peito, tenho saudades, a melancolia assola-me, este imbecil fita-me com os seus olhos suínos.

— Senhor Szarowsky...

— Sim?

— *Kartofler, kartofler, kartofler.*

Szarowsky parece ter levado um choque elétrico, quiçá sofra de alguma interferência da luz elétrica tão elegantemente exibida na divisão, isto parece um palácio, ele, o Rei-Sol, chupa o seu charuto de olhos arregalados, não sabe o que dizer, toma lá, também tu ficarás com isto na cabeça, sim, tenta agora dormir enquanto pensas o que isto quer dizer, reinventa o cânone quantas vezes quiseres, pois, ri-te, olha só para esta pilha de papéis, e se a virar?, os papéis tombados no chão... aí vão eles... bastou um toque, os papéis espalham-se pelo soalho, culpa da má organização do doutor Szarowsky, ele arreganha os olhos, viro-lhe as costas e abro a porta, fecho-a logo em seguida, nunca me volto para trás, avanço com largas passadas até ao bengaleiro, agarro no guarda-chuva, a secretária que parece uma galinha faz um gesto para se levantar, digo-lhe para não se incomodar, procuro o chapéu, mas lembro-me de que já não o tenho; quando abro a porta da rua, Szarowsky abre simultaneamente a do seu gabinete e exibe a sua cabeça dourada, que brilha à luz dos muitos lustres.

— Como disse? *Klitofer*?

A sua repugnante cabeça de macaco presa entre a porta e a moldura, isso sim, seria um excelente espetáculo, um encanto.

— *Kartofler*, senhor Szarowsky. Exige uma certa fineza na pronúncia.

Fecho a porta, o escritório desaparece como por magia, o cheiro a queimado é só uma recordação, aprecio o ar fresco, ele deve estar ainda confuso, não evito sorrir, a rua acolhe-me novamente com as suas poças de água, é muito tarde para ir ao banco, não posso bater à porta da dona da casinha amarela, deve ser uma velha, com esta luz não vê bem, é muito cedo para jantar, decido passar pelo café.

VI

A noite aproxima-se, a tarde passou rapidamente, fugiu da chuva que não chegou, passeio o guarda-chuva, é um objeto útil quando preciso de me apoiar em ruas lamacentas, tocar a sinetas ou mostrar-me apresentável agora que não tenho chapéu, a gravata manchada é uma genuína mácula, exposta ao ridículo sob as luzes do escritório do grande porcalhão do Szarowsky, ele que fique com *kartofler*, já tenho, por fim, o cheque bem guardado no bolso da camisa; em todo o caso, procurarei amanhã o meu chapéu na secção de perdidos e achados dos elétricos, terei de ir à central, duvido que esteja lá, a mulher dos alhos deixou-o no banco para ser surripiado ou sentarem-se em cima dele, o miúdo desdentado levou-o para o usar em brincadeiras depravadas, tudo é possível, confirmá-lo-ei, este cheque não faz de mim um homem rico que possa deixar chapéus espalhados por aí, com a noite o frio aumenta, levanta-se um vento gelado, tremo sob o meu casaco ainda um tanto-quanto húmido, adoecerei, mas tudo valerá a pena se conseguir comprar a casa, ela voltará, acabará esta miserável vida passada em quartos, casas de outras pessoas, o cheiro a estufados e assados, o quarto de banho eternamente ocupado, é uma maçada ter de atravessar o pátio à chuva e encontrar a porta da retrete fechada e o estudante a dormir lá dentro, um absurdo, este país é medieval, não há higiene, percorro as ruas e só vejo excrementos e lixo no chão, quase escorrego numa casca de maçã, lembro-me de apalpar o bolso onde guardei a laranja, estou quase diante do café, só mais alguns metros, têm as luzes ligadas, está já bastante escuro, não tarda e acenderão os candeeiros públicos, cheira a alcatrão, só cheiros infernais nesta cidade, precisava de ser fumigada, desinfestada, pois tem demasiadas ratazanas, vejo que o café tem algumas mesas ocupadas, entro, pouso o guarda-chuva no bengaleiro, olho em volta, habituando-me à luz débil dos candeeiros de parede, uma mão levanta-se, alguém me chama, sim, um homem com uma mulher ao lado, já não tenho como escapar, Teodorico e Hermengarda viram-me, esperam que me sente à sua mesa, acerco-me deles, cumprimento-os, puxo uma cadeira, ao sentar-me passo a mão sobre a camisa, o cheque está aqui, o empregado pergunta-me o que desejo, peço-lhe um chá, Teodorico tem uma grande caneca de cerveja à sua frente, Hermengarda um pratinho com um bolo que me é desconhecido, duas fatias grossas de massa cuspindo creme, é repugnante, viro a cara, Teodorico começa a falar enquanto fuma, solta tanto fumo quanto palavras, não se envergonha do seu hálito, é óbvio, noto que pouco cuida da sua higiene oral, aqueles dentes são tenebrosos, gasta provavelmente todo o tempo disponível a arranjar a poupa e o lenço que amarra ao pescoço, penso que até dorme com ele bem apertado, tenho de me esforçar para ouvir.

— Estávamos mesmo a falar de ti. Que feliz coincidência!

— É como dizem: fala-se no diabo...

— Sim, sim! Que engraçado!

Hermengarda tem o péssimo defeito de falar, mesmo quando nada tem a dizer, sofre de um sério problema de exibicionismo que a leva a maquilhar-se em exagero para se tornar mais bonita do que é, a mim não me engana ela, é daquelas pessoas que se dá bem com todos, são todos seus amigos, tanto adora um como ama o seu inimigo, odeio a neutralidade, só os países deveriam ser neutros, são entidades abstratas, as pessoas não podem ser neutras, alguém meu amigo não pode afagar-me a mão e beijar o inimigo e rir-se enquanto troçam de mim, assim penso, talvez esteja errado, as pessoas neutras são as mais perigosas, vendem-se a qualquer um, traem-nos por um prato de lentilhas, eu defendo as laranjas e promovo o seu cultivo, um mandrião qualquer acha que deveriam ser erradicadas, estas pessoas consideram válidas as duas posições sem se comprometerem com nenhuma, sim, Hermengarda rir-se-ia e apoiaria o cultivo da laranja e, ao mesmo tempo, a sua extinção, se lhe pedirem uma opinião, fecha-se em copas, não consegue ser honesta, por mais que odeie uma coisa — odeia em segredo ou nem consigo é honesta? — nunca o dirá, serei talvez excessivamente frontal, mas estes indivíduos são asquerosos, ratos de esgoto, aproveitam-se e vão subindo, ela cheira oportunidades à légua, convive com todos, feios e bonitos, altos e baixos, bons e maus, não tem valores, qualquer coisa lhe serve desde que daí possa tirar proveito, recusa todos os seus pretendentes, pois sabe que perderá todo o interesse assim que se comprometer, os homens seguem-na por manterem vãs esperanças em possuí-la, são ridículos, babam-se como adolescentes e não veem que ela nunca lhes dará o que desejam, para os homens tudo lhes serve, são indecentes, depravados, mais reles do que as mulheres, sobre esta não posso dizer que seja estúpida, ela sabe para onde sopra o vento, ao contrário de mim, utiliza os atributos sociais que tem, quer ser escritora, mais uma poetisa, neste país todos são poetas, não deveria ter entrado no café, porque reparo que Teodorico tem um caderninho à sua frente, é mais um poeta, sofrerei, sinto-o.

— E falavam bem ou mal?

— Bem, meu caro, sempre bem! Comentávamos a tua tradução, aquela que será lançada este mês... O Valido não perdeu tempo, de facto. E consta que o segundo tomo da série sai daqui a dois meses, não é assim?

— Dois meses! Impossível!

Um volume daquele tamanho, não iniciei a tradução, algo cheira mal, sinto novamente o odor sulfuroso.

— Será possível...? Onde ouviram tal coisa?

Teodorico cofia a barba e expele mais fumo de tabaco, não lhe vejo o rosto por alguns segundos, tusso e falta-me o ar, Hermengarda sorri estupidamente ao meu lado.

— Não sei ao certo quem mo contou primeiro, mas diz-se por aí. Nas livrarias, nos cafés...

— Então o segundo tomo sai daqui a dois meses, é isso?

— Sim, sim, até os livreiros o têm confirmado, há uma grande expectativa com o lançamento. Penso que o Valido deve ter feito circular essa informação, para acalmar os leitores. O homem sabe da poda.

Oh, se sabe... podas e tosquias, neste antro todos são mestres em podas e tosquias, um efeito de se viver numa geografia amena, o verão é implacável e, claro, eles podam e tosquiam, fazem-no com arte, sinto inclusive o vento afagar-me as costas de tão pouca pelugem me restar.

— Bem... muito me contas.

— Ora, a fazeres-te de humilde! Sabes disto melhor do que eu. Mas talvez quisessem manter a surpresa durante mais algum tempo, hem?

— Talvez, sim, sou apenas o tradutor, nunca sei de nada! De nada, digo-vos!

— Se um dia escreveres um livro, serei a primeira a comprá-lo. És tão virtuoso — a jovem ao meu lado resolve intervir.

— Sim, sou a virtude em pessoa, tanto que, por vezes, fico de vigília nos nichos da igreja quando os santos são levados para uma limpeza. Quando os esfregam bem, com escovas e panos.

Hermengarda ri-se como uma colegial, aperta-me o braço, com a outra mão toca em Teodorico, é uma desavergonhada, não estivesse aqui mais ninguém e fosse eu um editor ou escritor e estaria já em cima de mim, no meu colo, uma pequena sedutora, não, comigo não tem sorte, a minha Helena partiu num navio, para que quero eu estas mulheres, não valem um dos seus cabelos, de resto, para que me quereria ela, sou um miserável, uso uma gravata sebosa e, por Zeus, sou um pelintra, não tenho classe para conviver com estas pessoas, apresento-me de modo descomposto, nem tenho chapéu! Ah, mas isto mudará, terei uma casinha, deixarei de comer ervilhas e arroz empapado, isto não é vida para ninguém, livrar-me-ei de todos os idiotas, Szarowsky já desapareceu da minha vista, o grande idiota presunçoso que usa o apelido de uma avó qualquer, uma criadita, foi certamente concebido em cima da palha, na estrebaria, os cavalos relincharam quando do momento de fervorosa paixão, cá eu voltarei a ter um chapéu, Teodorico observa Hermengarda, evita rir-se, para assim demonstrar que não me achou graça, este palonço é um lambe-botas, um vendido, o grande tanso também gostaria de partilhar intimidades com esta doidivanas... intimidades e opiniões literárias... artísticas... no entanto, eles lá leem alguma coisa, leram passagens da Bíblia e julgam-se poetas, estou rodeado de animais, zurram e crocitam, um verdadeiro pardieiro, ela prossegue:

— És um blasfemo, e eu não me importo. Aliás, sou muito liberal em assuntos religiosos; tudo me interessa um pouco, a minha curiosidade é imensa, e gostaria de viajar, observar e ler sem cessar, se pudesse viver sem comida. Mas, como não posso, tento conhecer o que me é possível... sem preconceitos ou limites. Olha, imagina só que tentei levar aqui o nosso Teodorico a uma cartomante, e ele teve medo. Recusou-se a entrar.

— Perdão: não era uma cartomante. Era uma bruxa.

— Ora, Teodorico, cartomante, bruxa, o que quiseres. Pensei que era tudo igual para vocês, ateus — responde-lhe Hermengarda; Teodorico oculta-se amiúde atrás de uma espessa cortina de fumo. — Não é tudo uma brincadeira feita por aldrabões?

— Sim, será assim, mas... não estou para perder o meu precioso tempo com essas fantochadas. Ora!

— Talvez queiras lá ir — Hermengarda volta-se para mim; Teodorico desaparece atrás do fumo. — O consultório fica aqui perto, num apartamento por cima do ferreiro manco, aquele que tem uma placa tombada, onde as pessoas batem com a cabeça, ali no largo.

— Sim, sei qual é.

Interrompo-a, a sua voz irrita-me profundamente, decido pedir um cigarro a Teodorico, faço-lhe o gesto, os dedos abertos levados à boca, ele compreende, aquiesce com a cabeça, passa-me um cigarro, acende-o.

— Ela chama-se Madame Rasmussen. Mas talvez não queiras lá ir, talvez sejas como o Teodorico, o ateu com medo de bruxas.

Teodorico está visivelmente irritado com a conversa, teme porventura um castigo da bruxa, pode também sentir-se tão-só vexado, ninguém sabe o que lhe vai na mente, quando abrimos a cabeça a um homem, não vemos nada além de líquidos e substâncias de consistência dúbia, seria bom extrair de lá pensamentos, tornaria a vida mais fácil, pelo menos, para quem as abrisse, não tanto para quem fosse aberto, porém, não há como negar que seria um espetáculo digno de ser, oh, todas essas trepanações... em massa... realizadas a céu aberto... verdadeiras cerimónias campais, no fim respirar-se-ia melhor, o mundo seria um local mais aprazível.

— Sim, claro que irei ao consultório dessa senhora. Além do interesse antropológico de tal visita, muito me agradaria contar com a ajuda da Madame Rasmussen. Tenho sentido odores peculiares, nocivos cheiros sulfurosos, parece-me que queimam constantemente coisas por onde passo, são fendas que se abrem no nosso mundo e alguém terá uma explicação, sim, talvez essa Madame me possa explicar a origem dessas fragrâncias ácidas, nauseabundas.

— És tão espirituoso!

A jovem sedutora ri-se de novo, para si tudo tem uma imensa piada, não respeita os problemas alheios, estou rodeado de interesseiros e incompetentes, o empregado só agora me traz o chá, devem ter colhido folhas frescas em Ceilão, isto sim, é um serviço com classe, completo, o garçom pousa a chávena e o bule fumegante e vira-nos as costas, faz-se silêncio, Teodorico rumina a sua vergonha, um homem daquele tamanho com medo de entrar em casa de uma cartomante, é um escândalo, está acabado, pode lançar ao oceano as suas pretensões artísticas, Hermengarda revira os olhos, reflete provavelmente na nossa conversa, não sabe se fui sincero ou se dela trocei ao dizer que visitaria Madame Rasmussen, sou um homem sério, pela minha boca não passam leviandades, neste país só os sérios triunfam, todo o humor é cortado de raiz, o humor não é para estúpidos, custa-lhes entender a ironia, é demasiado subtil para os seus gostos e, falando em triunfos e gostos, Teodorico abre o caderninho, prevejo o pior, o poeta mostrar-me-á mais um dos seus poemas, o pastel de Hermengarda continua no pratinho, não se decide a comê-lo, o chapeuzinho talvez lhe aperte demasiado a cabeça, o chá está demasiado quente, mas é melhor que o esteja, precisarei de uma ajuda para contrariar a azia depois de ler o poema, ele prepara-se, passa a língua pelos lábios, não há salvação.

— Esquecendo as bruxas, tenho aqui alguns poemas e gostaria que me desses a tua opinião.

Teodorico arrasta o caderninho aberto sobre a mesa, Hermengarda decide finalmente comer o pastel.

— Tenho alguns melhores, talvez. Podes lê-los?

— Sim, claro.

Bebo um gole de chá, continua quente demais, queimo a língua, baixo o olhar para o caderno aberto, sinto de imediato o cheiro a lodo misturado com lixo e urina, não sei o que se passa, tenho mesmo de consultar Madame Rasmussen, os médicos não saberão tratar disto, talvez ela possa também verificar se tenho uma maleita nos pulmões, preciso de poupar dinheiro para a casa, onde estará agora Helena, olho para o papel mas não leio as palavras, penso nela, no navio, que horas serão na costa onde agora se encontra?, não pode ter avançado assim tanto, o navio é lento, lentíssimo, demorará muito até receber uma carta sua, um martírio, esforço-me por me concentrar no que está escrito, imagens feitas sobre o amor, jogos de palavras entediantes, céus, não sou um especialista em poesia, mas isto é demasiado para um homem, não fiz mal a ninguém, amo imenso uma certa senhora, novamente algo sobre o amor, desta vez com candeeiros que balançam ao vento, um tiro no peito, acima do coração, ah, fere-me de morte, atinge-me a ilharga, porque não a virilha?

— Como? — pergunta Teodorico.

— Como o quê?

— Disseste alguma coisa sobre uma virilha?

— Ah, não, estava a ler, pensei alto; prossigo, prossigo.

Não dei conta de que falava em voz alta, bebo mais um pouco de chá, retomo o poema, tento concentrar-me, porém, noto pelo canto do olho que Hermengarda termina o seu bolo, tem pouca fineza a comer, tu és bem mais requintada, Helena, comes sem se notar que mexes a boca, não deixas cair migalhas, esta é uma javarda, os porcos são mais limpos, porque obrigam os porcos a viver na sua porcaria?, são tão limpos, as pessoas são o pior que existe à face da Terra, malditos macacos sem pelo, são asquerosos, Teodorico olha abstraidamente para o teto, finge não se interessar pela situação, mas contorce as mãos, é patético, a leitura prossegue, o martírio também, leio e esqueço logo o que li, estes poetas de segunda categoria jogam com palavras bonitas, mas não dizem nada, nada, que miséria mental, juntam alguns rabiscos e dizem-se poetas, é uma vergonha, Hermengarda escreve ainda pior, os velhos babosos dizem-lhe que escreve muito bem, é uma poetisa nata, tem um dom, experimenta arranjar namorado e verás quanto se interessam pela tua poesia, este mundo é uma nojeira, chafurdamos no lodo, não há amigos, só interesseiros, chupam-nos até ao tutano, se fores uma coisa, lembram-se de ti, se o deixares de ser, nunca te conheceram, que miseráveis mentais, se fores ao estrangeiro bajulam-te, querem saber onde estiveste, se andares poucos quilómetros pouco lhes interessa, não querem saber de nada, nem que tivesses visto um dragão cuspir fogo sobre uma paisagem deslumbrante, estas pessoas vivem de aparências, têm traumas mal resolvidos, eu não estou isento, pertenço a esta espécie maldita, nasci homem, não posso deixar de o ser, talvez só um pouco menos homem e mais pessoa, ah, o amor que ele sente, uma vez mais, candeeiros ao vento, balançam para a frente e para trás, é execrável, deixem os candeeiros em paz, a luz, as estrelas, agora cose estrelas no pano negro do céu, metáforas que me levam quase às lágrimas, que cheiro a enxofre será este, algo de diabólico se encontra nestes poemas, talvez sejam simplesmente maus, não sei, muitos dizem que são bons, serei a única pessoa normal neste país ou ando enganado?, porque nasci aqui, oh, meu Deus, porque me castigaste deste modo?, teria sido o pecado original?, irra, ainda pagamos por isso?, não tive nada que ver com o assunto, estou inocente, bebo mais chá, vou virando as folhas, poemas sobre incestos, gafanhotos e traças sobre o cabelo da amada que se abre como uma borboleta, isto assim já passa dos limites, dá-me sono, são tão intelectuais, as avós deles não devem perceber patavina do que dizem, nesta terra assim é, uns são intelectuais demais, os outros, analfabetos, não há meio-termo, asfixio aqui, não sei se compre a casa ou se me vá embora, tudo isto é cansativo, repugnante, não quero conviver com estas pessoas, prefiro falar para as paredes, porque temos nós de trabalhar?, bebo mais chá, viro e reviro as folhas, preparo-me para ser honesto.

— Bem, isto está...

Teodorico debruça-se sobre a mesa, ansioso, começo a falar, mas alguém entra no café, eles distraem-se, é o crítico literário que escreve para os jornais, os olhos de Hermengarda brilham, chegou um dos seus admiradores, um velho pinga-amor, esconde a impotência sob uma aparente jovialidade, a idade madura caiu-lhe pesadamente em cima, desce num ápice ao ridículo, Hermengarda faz um gesto contido para se levantar, tem de esperar que ele se sente, Teodorico segue-o com o olhar, esqueceu-se da minha opinião, quem sou para dizer o que quer que seja, o crítico entrou, tece comentários às obras de acordo com o autor e não com o livro, consta que não os lê, só algumas páginas para disfarçar, é impossível lê-los, embora não

faça mais nada, se passa os dias a babar-se com meninas
à volta, tudo isto é grotesco, o mais podre dos podres da
humanidade, enquanto observam, aproveito para acabar de
beber o chá, o crítico sentou-se junto à janela, despeço-me,
e levanto-me e eles respondem inconscientemente, já não
estou aqui, entrego uma moeda ao empregado, pago o meu
chá, deixo os poemas em cima da mesa, que alívio, parece-me que o cheiro a enxofre e a queimado se desanuvia
um pouco, dirijo-me à porta, Teodorico e Hermengarda
entreolham-se, decidem, em silencioso acordo, sentar-se
junto ao crítico, tratam das suas carreiras literárias sem
escrever, é assim mesmo que o vento sopra por estas paragens, neste país as montanhas criam uma barreira que faz
as massas de ar deslocarem-se de outro modo, tudo gira
ao contrário, somos primitivos mas não faz mal, come-se
bem por cá, dizem, eu não sei, só como ervilhas boiando em
gordura, a comida é o essencial, alimenta a alma de um povo,
tudo o mais é suportável, a cultura e a educação são coisas
secundárias, queremos mais do mesmo, eu quero uma casa,
quero Helena, não tenho nenhuma das duas, pego no guarda-chuva e saio, ao passar pela janela envidraçada vejo que
estão os três sentados, Hermengarda ri-se alegremente, viro
as costas, encolho os ombros, tenho ainda de caminhar até
casa, está escuro, os candeeiros acesos, o estômago ronca,
o chá não o aliviou da fome do fim do dia, o jantar de dona
Lucrécia espera-me no nosso soturno domicílio.

VII

Quando estou próximo de casa, começa a chover, é uma chuva miudinha, incomodativa, agulhas nos meus olhos, outra vez, a história repetir-se-ia se não tivesse o meu guarda-chuva, terei de procurar o chapéu amanhã, antes da reunião com o execrável Valido, o grande sovina pretende lançar a tradução daqui a dois meses, o assunto precisa de ser esclarecido, ou quer que trabalhe sem dormir ou não serei eu a fazê-la, grande aldrabão, fuinha, gosta de tirar nabos da púcara, mas porque me chamaria ao escritório se não fosse para me contratar?, sabe-se lá o que vai nestas cabeças de jerico, com eles não existe lógica, *kartofler*, são parasitas, em que pensará um parasita, agarram-se ao hospedeiro e sugam, não podem pensar em muitas coisas, Valido é uma proglótide, sim, é isso, de Szarowsky nem falo, esse não chega a ameba, que miséria, que pobreza de espírito, percorro os últimos metros de guarda-chuva aberto, não sai luz das janelas, a megera deve ter uma mísera vela acesa, estão lá dentro, sei-o, está quase na hora regulamentar do jantar, cheira-me a estufado, maldito molho, dá-me dores de barriga à noite, cai no bucho como chumbo, só se come gordura nesta casa, uma pouca-vergonha, fecho o guarda-chuva, sinto algumas gotas no pescoço enquanto procuro as chaves e abro a porta, entro na soturnidade do vestíbulo, ouvem-se tachos e pratos na cozinha, dona Lucrécia berra com a criada, coitada, tem de se mexer numa cozinha ocupada por um hipopótamo, deixo o guarda-chuva no bengaleiro e, quando a porta se fecha, a escuridão é ainda maior, apenas a luz da claraboia ilumina a escadaria, subo os degraus dois a dois, como é meu hábito, o corredor está em silêncio, alguma luz sai pela bandeira acima da porta do quarto da menina Sancha, aguarda o jantar, do meu vizinho nada se ouve ou vê, deve ter saído para estudar o fundo dos copos, é deixá-lo estudar, também esse sabe para onde sopra o vento, só eu não o soube, tanta inteligência e tão pouca esperteza, sou um verdadeiro idiota, não aprendo, porque tenho convicções que só me levam ao fracasso?, tomara ser capaz de conviver com todos, ser neutro, seria um hipócrita, um fuinha, mas estaria bem melhor, não num quarto gelado e sem luz, comendo estufados da dona Lucrécia, teria comigo Helena, ela nunca aceitaria um homem como os outros, ela não é uma mulher vulgar, está acima de todas essas coisas, contudo, teria de ser um homem como os outros para lhe dar o que ela gostaria de ter, tudo isto é complexo ou a minha mente esfomeada assim o acha, entro no meu quarto, um gelo incomodativo, a luz dos candeeiros de rua entra difusamente pela janela, dispo o casaco, penduro-o numa cruzeta, abro a gaveta onde escondo o cachecol de Helena, sinto o seu cheiro, por fim, um odor agradável, esqueço o enxofre, o lixo, consultarei Madame Rasmussen sobre os meus problemas olfativos, alguém saberá ajudar-me, estou ansioso por falar com a dona da casa amarela, presumo que seja uma mulher, sim, tem de ser uma velha viúva, onde estarás agora?, o mar alto à noite deve ser tenebroso, não se vê nada, só estrelas, se o céu não estiver encoberto, volto a guardar o cachecol, sento-me à secretária, está cheia de papéis espalhados, tenho de traduzir algumas cartas comerciais, há tempo, não estou com disposição para trabalhar, ser-me-ia impossível concentrar, tenho muitas ideias, penso demasiado, temo passar uma noite inquieta, remexendo-me sem dormir, ouço passos no corredor, as escadas rangem, a menina Sancha desce, por certo, até à sala de jantar, tudo isto é hediondo, um dia da minha vida termina como um estufado, sou uma das ervilhas que flutua no molho, quando serei tragado de vez, engolido inteiro?, levanto-me, não acendo a vela, olho-me ao espelho, esqueci-me de procurar o significado de *kartofler*, como não me lembro do significado?, estou certo de que se trata de uma vulgaridade, estou demente!, e os gritos... céus, dona Lucrécia porventura ainda me olhará de soslaio, espantou-se com tamanha cena, uma afronta aos bons costumes, a minha cara perto da sua, um horror fazer isto a uma mulher decente, ajeito a gravata, dou um toque no cabelo, estou apresentável, ouço a minha senhoria bater com uma colher na terrina, o jantar está servido.

Saio do quarto, desço as escadas às apalpadelas, a minha visão demora muito tempo a acostumar-se aos diferentes graus de escuridão, tusso uma, duas vezes, a doença espalha-se, deveria comer um dente de alho para afastar a gripe, pode ser mesmo pneumonia, acabarei num sanatório, morrerei numa cama anónima, um triste fim, os outros continuarão a comer estufados, a escrever poesia, a conduzir elétricos, ah, para isto mais valia não continuar, que miséria, antes fosse aqui despedaçado, triturado por bombas e estilhaços e balas e arame farpado, morrer de uma vez só, como um homem, e não aos pouquinhos, cedendo dia por dia à morte, esforçamo-nos para ser alguém, viver, trabalhar, ter uma casa, comer, sermos escritores, tradutores, tudo isto para quê?, morreremos, mais cedo ou mais tarde, o mundo não para, apenas adiamos o inevitável, mas o que nos faz lutar pela sobrevivência?, se ela estivesse aqui comigo, valeria a pena, todavia, não está, é uma desgraça, entro na sala iluminada por um candelabro de três velas, somos também três à mesa, o estudante não apareceu, dona Lucrécia serve a menina Sancha, não consigo dizer ao certo nesta escuridão, mas o jantar parece-me consistir em lentilhas com batatas, presumo serem lentilhas, é um molho estranho, de novo os vapores, sinto um cheiro a queimado?, ouvem-se panelas na cozinha, a criada arruma a louça, nunca tem autorização para jantar connosco.

— Minhas senhoras, boa noite.

— Boa noite — dizem em uníssono, como se tivessem treinado.

— Dona Lucrécia, continua uma valquíria; e a menina Sancha uma ninfa, claro.

— Sempre tão galanteador! Mas sente-se, já o sirvo.

A menina Sancha começa a falar sobre o seu escritório, o patrão pediu uma máquina de escrever nova, é um grande acontecimento, pelo que entendo, ela não sabe utilizá-la mas o patrão vai ensiná-la, outra das funcionárias está grávida, pelos vistos, foi uma notícia alegre, dona Lucrécia anima-se com o tema e mostra-se interessada enquanto me enche o prato com batatas e o estufado misterioso, dá-me o prato à mão, sim, não me enganara, são lentilhas estufadas com demasiada água, flutuam e quase saltam fora do prato, luto para não entornar nada na gravata, dona Lucrécia serve-se de azeite, continua muito atenta à menina Sancha, talvez evite fitar-me, aquela situação bizarra na escada antes do almoço deve perturbar-lhe a mente, existe a possibilidade de nunca mais recuperar, sou obsceno, a menina Sancha arrasta a comida de um lado para o outro enquanto fala, os seus dedos esguios, eu bebo um pouco de água, a sala está fria, a comida ainda não me aqueceu, as batatas estão demasiado moles, desfizeram-se, dona Lucrécia engole tudo, vê-la comer é um espetáculo circense, hediondo, fenomenal, mastiga e pequenos pedaços de batata escorrem-lhe pelo queixo molhado com azeite, as chamas das velas estremecem. Observo as duas mulheres, não escuto o que dizem, creio ouvir-me mastigar, estarei a fazer muito ruído?

— Desculpem se as incomodo ao dar ao dente. Faço muito barulho, não?

Elas nada respondem... baixo o olhar para o prato, mastigo, elas retomam a conversa, sinto-me fora do corpo, estou vivo e não sei se estou vivo, não sei se sonho, se existo, por momentos, é assim que me sinto, acontece-me por vezes, precisaria de algo exterior a mim para me confirmar a existência, depois volto ao normal, nesses instantes não sei se devo continuar a agir, a falar, e se eu não existir realmente, para quê fazê-lo, mas continuo por hábito, isso criaria estranhos lapsos temporais, tenho saudades, anseio por uma carta, demorará ainda muitos dias a chegar, tudo isto é de uma bestialidade insuportável, estas mulheres falam e falam e não sentem a minha angústia, será que ouvem os meus maxilares, os estalidos que soltam?, como será possível viver-se assim alheado dos outros, eu próprio não sei o que sentem, estamos sempre a sós, a intimidade pode perturbar-me, confesso, ser-se demasiado íntimo leva a um extremo pudor, olha-se para um corpo, adora-se esse corpo e, no entanto, ele está fora de nós, custa-nos tocar no corpo, não temos vergonha da nudez, mas sim de abandonarmos a carne, poderia estar a sonhar, talvez não exista, o toque é um gesto sem sentido ou utilidade, vivo no medo, preso entre paredes, já não mastigo, demoro imenso a mastigar, esqueço-me de o fazer, perco-me em pensamentos erráticos, sei que volto a mastigar, engolir, como, sim, é certo, não ouço nada do que as mulheres dizem, a luz deixa-me melancólico, tristíssimo, o ânimo que me dá forças durante o dia esvai-se, estou irritado, apático, as mulheres terminam de comer, conversam, quero gritar, bradar e furar o teto com a minha berraria, ah, porém, controlo-me, ainda!, pouso os talheres, doem-me as costas, arrasto a cadeira para trás, quero dormir com o cachecol dela ao meu lado, levanto-me.

— Minhas senhoras, com a vossa licença, retiro-me.

— Já vai? — pergunta dona Lucrécia. — Tão cedo?

— Sim, amanhã terei um dia atarefado.

Desejam-me as boas-noites, afasto-me da sala, subo as escadas, levo a mão à chave do quarto, tenho de me lavar, tirar de cima de mim a sujidade, o cheiro a esterco entranhado nos poros da pele, no cabelo e, então, poderei deitar-me com a tua recordação na mais pura das doçuras.

VIII

Acordo, tenho o cachecol ao meu lado, dormi apertando-o, a luz mortiça do exterior faz-me perceber que ainda é cedo, tive um sono tumultuoso, remexi-me na cama, adormecia sem sonhos para logo sonhar acordado, a maioria dos pesadelos varreu-se-me da cabeça, porém, recordo momentos em que acordei suado e me conservei num torpor entre consciência e inconsciência, Helena estava no navio, havia um naufrágio, ela seguia pelas águas até uma costa desolada, cinzenta, só gaivotas e rochedos, seixos na praia, cortava os pés descalços, eu surgia da terra, de um buraco, inimigos corriam de súbito para fora da água, eram pessoas normais, poderia vê-los no elétrico, nos escritórios da cidade, porém, corriam com um ar furioso, tinham espadas na mão, eu carregava uma espingarda e punha-lhe a baioneta, começava a disparar, Helena desaparecia, eu disparava ininterruptamente, os inimigos morriam e desvaneciam-se no ar após o tormento da mutilação, nunca me alcançavam, eu matava, cortava com a baioneta, disparava, o sangue jorrava, queria proteger Helena, mas já não a via, fazia tudo para a salvar, era inútil porque ela se cansava de esperar por mim, não o dizia, mas eu sentia-a, simplesmente fugia, eu sabia que ela estava longe, no entanto, continuava a matar inimigos, atingia-os na cabeça, no peito, nas pernas, tudo sem sair do mesmo sítio, combatia contra todos, mas não avançava, não me acercava de Helena, já não valia a pena lutar, não a tinha comigo; eu, contudo, insistia, ninguém me ajudava, descarregava a arma até, por fim, acordar.

Ergo o tronco, a luz mortiça não é suficiente para criar uma sombra da minha cabeça na parede atrás da cama, não sei porque penso nisto, a boca sabe-me a fel, ferro, sangue, o esófago arde, o estufado caiu-me mal, largo o cachecol, não quero conspurcá-lo, os pesadelos são terríveis, desaparecem, mas deixam para trás algo inconsciente, oculto, preferia esquecê-los por completo, sinto-me cansado, um peso no pescoço, estou tão triste quanto ao deitar-me, não posso deixar-me abater pela melancolia, há muito a fazer ainda hoje, não terei sequer tempo para tomar o pequeno-almoço e partilhar palavras com os meus ilustres vizinhos, sairei mal me lave, não preciso de comer, sou autossuficiente, indestrutível, os pesadelos nada significam, são espasmos cerebrais, associações que fazemos entre recordações, desejos e com uma imaginação solta e irracional, li tudo isto numa das revistas que traduzi, todas estas vertentes científicas são interessantes mas não excluirei as mais tradicionais, perguntarei a Madame Rasmussen qual a sua opinião sobre tal assunto, pretendo obter a sua sábia ajuda neste tema, visitá-la-ei ainda hoje, Hermengarda que espere sentada acompanhar-me, não tenho paciência nem tempo para pessoas assim, salto da cama, enfrento o frio, mudo de ceroulas, seria bom recuperar o meu chapéu, a central dos elétricos fica perto do banco, visto apressadamente a roupa, de tão fria parece molhada, viver aqui é execrável, não temos aquecimento, vivemos pior do que nas cavernas, lavo a cara, tenho de quebrar uma película de gelo sobre a água, penteio-me diante do espelho, terei de usar a mesma gravata, a luz exterior vai aumentando aos poucos, parece-me que não choverá, visto o casaco, tenho ainda o cheque guardado na camisa, confirmo-o, abro a porta e saio, desço as escadas ao de leve, para que dona Lucrécia não dê por mim, ouvem-se tachos na cozinha, a criada já trabalha, do quarto do estudante chegam-me estranhos ruídos, gemidos de dor, os estudos prejudicam-lhe a saúde, esforça-se demais, a porta do quarto da minha senhoria range, tenho de me apressar, evito conversas ocas a esta hora, a minha disposição não se coaduna com elogios, alcanço o vestíbulo em segurança, está muito escuro, abro, aos poucos, a porta, entra de imediato uma corrente de ar, saio para a rua, fecho silenciosamente a porta.

Apagaram os candeeiros, um garoto grita vendendo os seus jornais, chamo-o, dou-lhe uma moeda, passo os olhos pela primeira página, guerras longínquas, movimentos políticos nacionais, mais uma revolta, trabalhadores espancados pela guarda, um banqueiro fugiu com o dinheiro dos clientes, uma mulher morta à facada pelo marido num acesso de ciúmes, tudo normal nesta terra, nada sobre navios, terei de pesquisar o interior, nenhuma grande desgraça terá ocorrido, o jornal mancha-me as mãos, enrolo-o e ponho-o sob o braço, a manhã está fria, a respiração abandona-me em vapor de água, crio nuvens à falta de um cigarro com que me entreter, caminho até à paragem do elétrico, as pessoas correm de um lado para o outro, os carroceiros puxam as mulas, os automóveis buzinam para que os peões lhes desapareçam da frente, são verdadeiros selvagens, não há civismo neste país, é uma pocilga, nem um Estado consegue ser, é um remendo, um trapo desgastado pelo tempo que vive de ilusões sobre uma passada grandeza, habitado por um povo que mais depressa parte do que muda, assim vivemos por aqui, sou descendente desta raça, gosto do país, mas não gosto do país, perco-me em fábulas, demências, tento mudar algo que jamais mudará, é impossível, contrário à sua essência, Helena percebeu isso bem cedo, sabe como são as coisas, valerá a pena comprar a casa?, sim, é a solução, temos de nos agarrar a alguma coisa, a casinha amarela é um freio na minha boca, prende-me a língua, e eu permito-o porque é a única coisa que posso fazer, o elétrico trava, as pessoas aglomeram-se às portas, entro com calma, deixo-me ficar para trás, o veículo está cheio quando pago o bilhete, não há lugares sentados, mantenho-me perto da porta, o elétrico arranca aos solavancos, a paisagem citadina passa-me pelos olhos sem que preste realmente atenção ao que vejo.

Os passageiros conversam, alguns riem-se, terá um deles o meu chapéu?, não sei, não levanto o olhar, tenho preguiça, o ar que entra pelas janelas sem vidros gela-me a cara, enfio as mãos nos bolsos do casaco, ainda aqui guardo a laranja, esqueci-me de que a tinha, como-a mais tarde, não tenho fome, perdi o apetite desde que soube que ela partiria, como para me manter vivo, não tenho paladar nem o dom da gula, o elétrico para mas ninguém sai, dirigem-se todos para o centro, os passageiros que esperam nas paragens gritam e tentam entrar, contudo, o guarda-freio não permite que o façam, arranca a toda a velocidade, os carris chiam e gritam por ajuda, este mostrengo mata-nos com o seu peso, dizem eles, salvem-nos, não vos posso ajudar, também eu me encontro perdido, arrasado, desesperado, que hei de fazer?, as paragens sucedem-se umas às outras, os rostos esbatidos são uma mancha contínua, reparo que estamos na estação central quando sinto empurrarem-me para sair, salto para fora do elétrico, as viagens podem ser as mesmas mas nunca são iguais, o tempo varia conforme a mente, pudesse eu e distorceria também o espaço, estaria num navio, caminho entre a multidão, dão-me um encontrão e quase deixo cair o jornal, mantenho-o sob o braço, as mãos nos bolsos, estou diante da estação dos elétricos, seria bom recuperar o meu chapéu antes de entrar no banco.

Subo as escadas que levam à porta principal, as pessoas entram e saem, passo pelas bilheteiras, há malas e sacos por todo o lado, procuro a secção de perdidos e achados, não a encontro, interrogo um revisor que por mim passa, aponta-me um corredor à direita, percorro-o, alguns papéis esvoaçam pelo chão, encontro ao fundo um balcão com uma placa que indica «Reclamações/Perdidos e Achados», abeiro-me dela, uma funcionária descansa o busto na prateleira que abre aos clientes, também aqui sinto um cheiro estranho, não a enxofre ou queimado, outra coisa me penetra as narinas, cheira a vinagre com limão, sinto uma irritação no nariz, as dores no peito e nas costas regressam, o odor é bizarro, não me parece normal num local destes, deveria haver respeito pelos clientes, o cheiro acre incomoda-me, afeta-me a respiração, tenho de inspirar fundo antes de falar.

— Bom dia.

— Bom dia — responde a funcionária, o enfado no rosto, a apatia apoderou-se dela a ponto de apenas mexer os lábios.

— Perdi ontem um chapéu num elétrico, no número 7, logo de manhã...

— Um chapéu? Como era o chapéu?

— Preto, aba média, não alto.

— Espere um pouco, vou ver se registaram alguma coisa.

A mulher afasta-se devagar, vejo imensos objetos etiquetados com números e espalhados por toda a divisão iluminada pela luz que entra por duas janelas, guarda-chuvas, malas, chapéus, uma roda de bicicleta, garrafões de vinho, uma gaiola de pássaro, a mulher verifica uns papéis, tem um lápis na mão e segue com ele as linhas escritas, abana um pouco a cabeça, volta a aproximar-se do balcão, ninguém se pôs atrás de mim, ouço o burburinho das vozes de fundo, o vento parece mais forte neste corredor, a funcionária exibe-me um papel.

— Não temos nenhum registo de entrada de um chapéu ontem. Ontem, repare! Temos alguns chapéus aqui, só que foram entregues há mais tempo. Pode tentar amanhã ou depois, mas se não foi devolvido até agora, é pouco provável que apareça.

— Sim, entendo...

Por momentos, não sei ao certo o que dizer, talvez esteja com fraqueza, falta-me o apetite, por isso, não como, esqueço-me de que os homens comem, salto refeições, quando mastigo, faço-o com alarido, balbúrdia, ranger de dentes, estou estonteado, olho para a mulher, cabeceio.

— Bem, obrigado pelo seu tempo. Muito bom dia.

— Bom dia.

A funcionária volta a pousar o busto no balcão, a sua cara enfadada obscurecida pelas sombras do corredor, viro-lhe as costas, a corrente de ar ataca-me de frente, não é traiçoeira, a mulher do elétrico não devolveu o meu chapéu ou está a funcionária a agir de má-fé?, nunca se sabe com estas pessoas, embirram com a nossa cara, poderia ter visto as manchas na gravata, pensando ser um pobre — e é o que sou! — sem dinheiro para um chapéu, um matreiro aproveitador, a moral destas pessoas é muito reles, vivem de aparências, quantos trabalhos perdi por não me acharem um modelo de beleza, sim, este povo vive do aspeto, não são homens, mas monstros que sugam caras, fatos, chapéus, gravatas, saias, calças, bengalas, nesta oligarquia abundam os presunçosos, o asqueroso Szarowsky é um deles, esse caloteiro usa o nome da avó para se exibir mais elegante, os nomes estrangeiros são mais requintados, tenho a prova aqui no meu bolso, confirmo-o, toco-lhe com um dedo, está aqui o cheque que levantarei agora, espero que tenha cobertura, as pessoas finas vivem com grande luxo mas amiúde não pagam as dívidas, vivem de ar e vento, este povo aprecia tal modo de vida, é uma conduta que seguem até ao mais ínfimo pormenor, se entrasse no banco sem gravata diriam que roubara o cheque, enquanto um homem como o Szarowsky, impecavelmente aprumado da cabeça aos pés, deve dinheiro a meio mundo, aposto que nem os fatos que usa estão pagos, o pobre alfaiate deve trincar as mãos com fome, mas quando o senhor advogado lhe pede mais um fato, nunca o recusa, este povo verga-se com facilidade, é dócil, mata-se entre si, todavia, nunca olha para o alto, Helena partiu e estará melhor no seu destino, esta terra está condenada desde o início dos tempos, aqui vive um povo que não se governa nem se deixa governar, um povo criado para partir, pululam como ratazanas num monte de estrume, estou rodeado de esterco, o que faço aqui?, lido com merceeiros, apenas merceeiros, vestem fatos dispendiosos, mas vejo-lhes ainda a marca do lápis atrás da orelha, embrulham bem um quilo de arroz, ao sair da estação levo outro encontrão, o jornal cai-me de debaixo do braço, resmungo e ninguém me ouve, baixo-me para o apanhar, as mãos não regressam aos bolsos, caminho em frente, o Sol destapa-se aos poucos, os dedos que seguram o jornal rapidamente gelam, está um vento frio, desagradável, cheira-me a urina, a brisa traz as recordações que as pessoas deixam junto aos edifícios, nem a chuva limpa por completo estes vestígios, algumas mulheres vendem peixe no passeio, gritam em alto e bom som, quase me ensurdecem ao passar por elas, nem o cheiro a peixe oculta a fragrância a urina, fecho bem a boca para não engolir os odores desta cidade, sim, é mesmo um monte de esterco, quem aqui fica muito tempo acaba por apodrecer, estamos vivos por fora porém mortos por dentro, completamente putrefactos, melhor seria se todos nos uníssemos e nos lançássemos ao rio, seríamos arrastados até ao mar, perder-nos-íamos no seu fundo, livraríamos o mundo de tamanhas aberrações, destruímos tudo, somos parasitas, o Valido é uma proglótide, uma ténia, o Szarowsky não chega a ameba, com sorte poderia ser uma varejeira, e quem sou eu para falar?, queimo tudo em meu redor, não torno feliz Helena, de que vale viver se não mantemos felizes aqueles de quem gostamos, para quê trabalhar com estas ténias se não o conseguimos, vertemos o nosso sangue em vão, tudo para adiar uma morte certa, o homem é o mais patético dos seres, é um animal que não se julga um animal, antes um ser especial, ergueu-se ao nível dos deuses e olha para o mundo em que vive como se um demiurgo fosse e observasse a sua criação, tem consciência da morte e sofre com isso, contudo, quem lhe diz que os outros seres também a não têm, sabem que morrerão, mas não pensam nisso, só o homem não ultrapassa a sua morte, no fundo, somos todos uns cobardes, uma praga que destrói e gostaria de destruir por toda a eternidade, subo as escadas do banco, as gaivotas gritam acima de mim atraídas pelo peixe, abro a porta, é pesada, entra-se num local de respeito e seriedade, não há dúvida, está calor cá dentro, quase sinto necessidade de desapertar a gravata, os funcionários estão ocupados, sento-me e aguardo a minha vez, abro o jornal para o ler.

De facto, não há nada sobre navios, respiro de alívio, as notícias da primeira página já as lera por alto, a vida é uma sucessão de tragédias, o nosso povo aprecia uma boa desgraça, é um povo dado a chorar, tem pouco sentido de humor, gosta somente de brejeirices, a subtileza é-lhe desconhecida, assim é este povo, boçal e ignorante, aqui está uma notícia interessante, numa aldeola um homem chegou a casa e, como não gostou do que lhe preparavam para o jantar, resolveu dar uma carga de pancada na mulher e nos filhos, mas um dos garotos aparentemente não estava com disposição para tal diversão e começou a correr em redor da mesa, o miúdo corria e o pai perseguia-o, até que o outro filho, que já recebera a sua porção de castigo corporal, pregou uma rasteira ao pai, e este caiu de cabeça sobre a grande panela que estava ao lume, queimou a cabeça toda, dizem que urrou de modo tão horrendo que toda a aldeia ouviu, o pai ficou cego, pode ainda morrer, demoraram muito a levá-lo ao hospital, o médico da vila não deu conta do recado, agora, não sabem o que fazer ao rapaz que deixou o pai em tal estado, querem pô-lo no reformatório, ah, isto é, sem dúvida, uma imbecilidade, neste país não se pensa, a criança deveria ser recompensada, livrou-nos de mais uma besta, foi um verdadeiro serviço à humanidade e ao mundo, erradicou um perigo público, neste país não há violência, é tudo boa gente, vive-se bem, há sol, não passamos frio nem fome, eu tenho uma laranja no bolso do casaco, ainda não a comi, aliás, não como desde o jantar de ontem, não, neste país não se passa fome, fazem-se jejuns voluntários, eu não como porque não quero, os outros decerto farão o mesmo, promova-se esta criança a um bom cargo, de imediato, digo, pague-se-lhe os estudos, não pode apodrecer na província, mostra mais espírito de iniciativa do que eu, que sou uma lesma, *kartofler*, irra!, a palavra volta, ergo o olhar do jornal, mas os funcionários continuam ocupados, vejo as mesmas pessoas diante das caixas, são assuntos demorados, sinto vontade de fumar, estou nervoso, começo a sentir um odor a enxofre, penso na visita que farei a Valido hoje de tarde, não me posso esquecer também de consultar Madame Rasmussen, talvez ela tenha a solução, Hermengarda diz que sou ateu, todavia, prefiro não me identificar como tal, ser ateu é ser religioso, tenho a mente aberta, não digo que não nem que sim, talvez seja neutro nisso, não passo de um escroque, mas, por um lado, é preferível ser-se neutro com deuses do que com homens, de que terão conversado Teodorico e Hermengarda com o crítico?, o imbecil já os terá em boa conta, escrever-lhes-á elogios hiperbolizados só pela simpatia demonstrada, deseja o corpo de Hermengarda, o triste nunca o terá, a mulher espera-o em casa, ele vive de ilusões, todos eles vivem, eu também, iludo-me, porventura, com a casinha amarela, contudo, a esperança é a última a morrer, a casa é o freio que tenho na boca, a vida puxa-me as rédeas e só olho em frente, puseram-me palas na juventude e nunca as consegui tirar por completo, mais uma notícia interessante, haverá um concurso para melhor máscara original no salão da câmara municipal, ainda outra, sobre um homem que deixou cair um carrinho de mão cheio de estrume na linha do comboio e provocou um descarrilamento, o acidente não causou mortos, tão-só feridos ligeiros, o estrume está por todo o lado, por vezes, sinto também o seu odor, os funcionários demoram a responder às solicitações, parece-me que um dos clientes se despede, vai-se embora, fecho o jornal, levo a mão ao bolso da camisa, retiro o cheque, o funcionário da caixa faz-me um gesto para que me aproxime, levanto-me e caminho, o jornal numa mão, o cheque na outra.

— Bom dia. Gostaria de levantar este cheque.

Pouso o cheque assinado por Szarowsky no balcão, o funcionário olha-me do outro lado.

— Bom dia. Com certeza. Tem consigo um documento de identificação?

— Claro.

Entrego ao funcionário o documento, ele observa-me, confere se sou quem digo ser, endireito-me, tenho uma péssima postura, estraga-me as costas; ele anui com a cabeça e devolve-me o documento de identificação, guardo-o novamente nas calças, o bancário levanta-se da cadeira.

— Só um momento, por favor.

O funcionário afasta-se, fico a sós no balcão, ao meu lado, na outra caixa, uma velhota de cabeça trémula curva-se sobre o balcão, conta as notas que o bancário lhe deu, tem cara de desconfiada, não chegou a esta idade deixando-se levar por qualquer um, isso é certo, depois de verificar as notas, olha em volta e enfia-as na mala, que parece maior do que ela, como carregará aquilo pela rua, a velha quase se dobra até meio, endireito ainda mais as costas, acabarei assim se chegar à sua idade, será que envelheceremos juntos, Helena e eu, ou morrerei bem antes disso?, estaremos juntos, aqui ou noutro sítio, espero que sim, como posso viver deste modo, é muito triste andar na rua sozinho, não sei onde enfiar as mãos, como mexer os braços, se deixá-los pender junto ao corpo ou pô-los diante do peito, pareço um idiota sem saber o que fazer com o corpo, a velha põe um gorro de malha na cabeça, olha para mim como se me quisesse matar, veste-se de luto, será uma velha assim a dona da casinha amarela?, e Madame Rasmussen será mulher para ter que idade?, imagino-o uma velha gorda, não tanto quanto dona Lucrécia, mas ainda mais baixa, deve usar vestidos roxos ou púrpura ou lilás, a sua casa terá imagens de santos e santas e anjos e crucifixos e flores e coisas desse género, uma amálgama de devoção, será que vive sozinha ou acompanhada?, talvez tenha um gato, a velha das notas vira-me a cara e afasta-se.

— Sim, ponha-se a andar, siga com a sua vida — digo eu, ao bater com a mão no balcão.

Há que mostrar firmeza, a velha não me fita, talvez seja surda, é um pequeno demónio, exalava uma fragrância sulfurosa, esta cidade está cheia de pequenos diabinhos, seres grotescos que juntam dinheiro em malas, gavetas e colchões, tudo isto é abominável, esta cidade arderá de podridão, um monte de esterco a quem deitam fogo, o cheiro a estrume queimado nunca mais sairá dos corpos e roupas dos que aqui habitam, melhor seria se abandonasse a ideia da casinha amarela e partisse de vez, mas para onde?, não tenho notícias de Helena, demorará muito até receber uma carta, um sinal de vida, não sei se aguento, quero partir e simultaneamente ficar, não sei o que quero, nunca soube, sorte têm aqueles que o sabem, vivemos infelizes e sem rumo, há momentos em que me sinto capaz de me contentar com menos, posso con-viver com Valido, Szarowsky, Teodorico, Hermengarda, dona Lucrécia, tê-la aqui bastar-me-ia, noutras ocasiões, tudo me repugna, não nasci para assim viver, quero mais, preciso de dinheiro para tudo, porque é que tudo o que quero requer dinheiro, exceto a coisa que mais quero, embora, para a ter, precise de dinheiro, de uma casinha amarela, ou não será assim?, tudo isto é obsceno, a minha mente não funciona corretamente desde que fui ao cais, o transtorno terá origem na partida de Helena ou na viagem de elétrico, era um veí-culo saído das profundezas do submundo, conduzido por um facínora, talvez tenha sido o alho a deixar-me em maus lençóis, poderia ser um estratagema da mulher, não para ver as pernas dos homens, mas para que algum tocasse no alho conspurcado, ou chegasse mesmo a deixar um objeto para trás, como, por exemplo, um chapéu!, sim, um chapéu que ela possa utilizar em todo o tipo de artifícios maléficos, nunca acreditei nisso, no entanto, sempre ouvi histórias dos meus avós e pais, sapos com bocas cosidas, galinhas mortas em cruzamentos, lobisomens que batem à porta a meio da noite, é um mundo estranho este em que vivemos, seria assim no mundo de antanho, e agora?, a ciência exterminou as superstições da face da Terra, não do coração do Homem, estes atavismos condenam-me à loucura, sou doido varrido, apercebo-me agora, agarro-me a uma coisa enquanto agarro outra coisa qualquer, sou ateu, agnóstico, descrente, sou o que quiserem que seja mas, enquanto isso, vou a uma cartomante, sei que é absurdo, mas irei, não o posso evitar, faço coisas sem motivo, porque diabo estou aqui à espera, diante de um balcão, ah, sim, espero o funcionário, levou o meu cheque, estou perdido, completamente perdido... talvez não esteja, os outros parecem-me em pior estado, basta ver aquela velha que sai agora do banco!, a megera come dinheiro, só vive para ele, tem medo de tudo e de todos, estou ainda muito lúcido, querem enlouquecer--me, mas não o conseguirão, sou indestrutível, a fome faz-me pensar em possibilidades execráveis, é uma vergonha, suo, os meus sovacos colam-se à roupa, tento acalmar-me, está demasiado calor aqui dentro, apetece-me tirar a laranja do bolso e comê-la só para refrescar a garganta, morro aqui, Helena está longe, no mar alto, nunca saberá o que aconteceu, dir-lhe-ão que morri, caí estatelado no chão do banco, uma apoplexia, porventura a maleita que me consome os pulmões, que dores nas costelas!, céus, o bancário aparece de novo, poderei regressar ao ar fresco em breve, as vozes sussurradas torturam-me, sinto-me terrivelmente mal.

— Obrigado por aguardar. Visto o remetente ter conta no nosso banco, verifiquei já a cobertura do cheque e posso entregar-lhe de imediato o dinheiro. Preciso apenas que assine alguns papéis.

— Com certeza, obrigado.

Espero que o funcionário preencha toda aquela papelada, aguardo o espaço em branco onde assinarei o meu nome, por fim, recebo o dinheiro devido, aquele gatuno não levou a melhor, rio-me, solto gargalhadas tonitruantes, o bancário observa-me boquiaberto, sou invencível, todos se curvam perante o grande rei, o imperador, não sou louco, mas sim o único ser consciente em toda esta cidade, as ruas e as casas arderam já, são miragens, vivemos numa enorme estrumeira fumegante que vai aumentando de tamanho, temos de nos manter à superfície ou seremos arrastados para o fundo, de onde é impossível escapar, nunca mais se voltam a erguer os que resvalam pela estrumeira abaixo, as moscas que vencem são as que voam mais alto, eles tentam lançar-me para o fundo, nenhuma mosca me ajuda, poderiam puxar-me, mas abandonam-me, tenho de lutar para ascender, Helena é a flor no alto, infelizmente, não a vejo, tenho demasiado esterco à minha volta, tudo arde, tudo arde!, vejo castelos em chamas, o horizonte esbate-se nos torreões, as muralhas caem, pessoas gritam, ardem, ardem vivas, sinto o êxtase daqueles que matam correr-me nas veias, sinto o alívio do último instante de vida dos que morrem, é tão doce deixar a vida partir, tudo acaba em fogo!, o cheiro é intoxicante, tusso sem parar, decerto ruborizo, os clientes e os bancários miram-me, enquanto o mundo arde, preocupam-se com a tosse de um homem no silêncio cabisbaixo de um banco.

— Senhor, sente-se bem? Quer um copo de água?

— Não, obrigado, está tudo bem — respondo, recuperando o fôlego, o bancário olhando-me admirado por cima das lentes dos óculos que lhe caem pelo nariz, é muito vermelhusco este funcionário, a vida de interior não o deixou pálido, talvez tenha um campo onde se entretenha a plantar hortaliças, sinto o meu cheiro a suor sobrepor-se à fragrância infernal que enche esta cidade, o bancário passa-me os papéis e não sabe que arde.

— Pode assinar aqui e aqui, por favor.

Assino, a mão treme-me misteriosamente, é um efeito dos suores frios, fosse o dinheiro roubado e não estaria em pior estado, levo uma vida degradada e degradante, sem Helena pereço no fogo eterno que consome o mundo, sou arrastado pelos turbilhões de chamas alimentadas por carne humana, os gritos são ensurdecedores, a caneta foge-me das mãos, as assinaturas foram feitas sem esmero, pode ser fraqueza, faria melhor se comesse alguma coisa, porém, não consigo, pensar em comida é secundário, um ser indestrutível não deveria necessitar dela, no entanto, sou um mísero tradutor, não valho o ar que respiro, sou tratado como lixo, querem-me bem no fundo da estrumeira, talvez tenham razão e não seja digno de fazer reparos, sofro dos mesmos defeitos, sou filho da minha raça, centro o mundo em mim, não conheço outra perspetiva, só vemos o mundo com os nossos olhos, pudesse fazê-lo e fundir-me-ia com Helena, seria a sua pele, o seu baço, um rim, estaria sempre com ela e não cometeria erros, não tomaria decisões, talvez pregue uma rasteira a alguém, queimando-lhe a cabeça, matando-o, e seja condenado, iria com prazer para as galés, quero ser enviado como cativo para as colónias, estorricar lá os miolos, morrer de febres, bebendo águas infetas, estar preso pode ser uma bênção, o tempo passa sem decisões, não podemos falhar, somos sempre a imagem cristalizada da última vez que nos viram, as palavras escritas nas cartas erram menos do que as palavras pronunciadas, Helena disse que sou louco, é impossível viver comigo, o bancário olha para mim, verifica as assinaturas, não parece muito satisfeito, acha-me doido varrido, percebo-o nos seus olhos, Helena tinha razão, sou insuportável, uma praga de fogo, não consigo acabar com isto?, meu Deus, só me resta dar-lhe uma casinha amarela, sim, posso ser feito em pedaços posteriormente, não me importo, o funcionário recolhe os papéis.

— Pronto, aqui tem o dinheiro.

O bancário conta as notas à minha frente, confirmo que está tudo correto, ponho o dinheiro no bolso da camisa, verifico que está bem guardado.

— Obrigado. Bom dia.

— Obrigado e bom dia, senhor.

Aperto a mão ao funcionário, não sei se é um comportamento correto, faço-o na mesma, nunca sei quando cumprimentar outrem ou deixar de o fazer, sinto-me deslocado, tenho vergonha dos meus gestos, o desconforto no meu corpo pode deixar-me tímido, apetece-me fumar, tenho o dinheiro no bolso, saio do banco, cá fora está muito mais frio, o vento desagradável que afasta as nuvens arrepia-me, aperto o casaco e desço as escadas, atiro o jornal para o caixote do lixo, não quero ler mais notícias, prefiro não saber, a ignorância pode ajudar-nos na busca da felicidade, há menos confusão nas ruas, as pessoas trabalham, eu não tenho horários, não é trabalho para um homem, como diria a dona Lucrécia, que gostaria de me ver noutro serviço, preferiria que eu trabalhasse num sítio onde lhe pudesse encher ainda mais a pança, de modo que guardasse o dinheiro debaixo da almofada, afasto-me do banco, dirigindo-me a uma tabacaria, preciso de fumar, ainda é cedo, não comi, mas não tenho fome, decido caminhar até ao consultório de Madame Rasmussen depois de comprar o tabaco, há coisas ilógicas que temos de fazer, não há nisso mal nenhum, tenho tempo e pouco que fazer, as cartas comerciais podem esperar como espero pelo meu dinheiro, estou-me nas tintas para tudo isto, o mundo arde e cheira a estrume e ninguém parece dar pelo fenómeno, pela presença do monte de esterco, nada me resta se não tentar subi-lo até ao topo, onde o ar é mais puro, enquanto fumo um cigarro.

IX

Avisto a loja do ferreiro, as montras repletas de fechaduras, ferrolhos, pregos, a placa tombou, tenho cuidado para não bater com a cabeça, um menino corre no passeio, anda para trás e para a frente, deve ser o filho do ferreiro, porque entra na loja, ri-se para mim quando empurra a porta, é um grande esforço para alguém tão pequeno, sente-se um herói, não sabe o que o aguarda, vivemos toda a vida tentando recuperar a juventude, não necessariamente a infância, mas os anos em que não tínhamos cuidados, não havia cheques a levantar, o mais importante era aquilo que pensávamos, éramos o umbigo do universo, depois caímos no oblívio, desabrochamos, as pétalas esmorecem e o universo esquece-se de nós, somos um momento fugaz, um grão de trigo perdido num celeiro cheio, subsistimos pelos números, a quantidade faz-nos evoluir, crescer até ao fim dos tempos, todavia, cada grão é esmagado para que outros entrem no celeiro, não podemos voltar atrás, viveremos toda a vida culpando-nos do que fizemos ou não fizemos, as coisas poderiam ser diferentes do que foram, agora, não há volta a dar, assim como eu, diante da porta do prédio onde Madame Rasmussen habita, não posso voltar atrás, o seu nome está escrito numa plaquinha abaixo da campainha, «Madame Rasmussen, Cartomante, Vidente e Parafísica», a mulher tem credenciais, sem dúvida, toco à campainha, ouço um fio puxar o trinco, a porta abre-se com um estalido, entro.

O apartamento de Madame Rasmussen situa-se no primeiro andar, começo a subir as escadas, há mais luz do que em casa de dona Lucrécia, os degraus rangem, as casas precisam de reparações, tudo aqui precisa de ser arranjado, a cidade afunda-se no lodo, alcanço rapidamente o patamar e vejo uma porta aberta, uma mulher com cerca de trinta e cinco anos aguarda dentro de casa, atenta aos meus movimentos, paro e permaneço calado por alguns segundos.

— Bom dia, minha senhora. Procuro a Madame Rasmussen.

— Bom dia. Sou a própria. O que deseja? — responde--me a mulher, afastando o cabelo da cara.

Por esta não esperava, pensava que Madame Rasmussen seria muito mais velha, não uma mulher no auge da vida, as minhas expectativas eram as de encontrar uma velhota carcomida pelo tempo, arrastando xailes púrpuras, enfaixada em cintas que lhe prendessem as carnes, não esta mulher, como poderei confessar os meus problemas a alguém da minha idade?, sinto um cheiro a estufado a sair pela porta, não é possível que até aqui seja perseguido por estes odores maléficos.

— Pretendia consultá-la em relação a algumas questões...

— Entre, por favor, entre.

Quando me apercebo, estou já dentro do apartamento, Madame Rasmussen conduziu-me para o seu interior sem dar por nada, de facto, esta mulher terá poderes extraordinários, eu recalcitrava, mas ela transportou-me, é fenomenal, sinto-me mais descansado em relação ao cheiro agora que aqui estou, ela mora aqui, é natural que prepare o almoço, precisa de comer como as outras pessoas, o espírito não lhe alimenta o corpo, só eu sobrevivo sem comida, não tenho apetite, sou indestrutível no meu jejum, nada me pode atacar, a casa é simples, tem mobília suficiente, nada de imagens aterradoras, vejo alguns livros nas prateleiras, parece morar sozinha, a sala é clara, eu pensava que seria escura, com panos tapando a luz exterior, de modo a criar uma imediata impressão sobre os sentidos dos papalvos, sim, sei que provavelmente serei enganado, não calo o cético que há em mim e também não evito embrenhar-me neste sórdido assunto, levo a mão ao peito, verifico ter o maço de notas no bolso, a mulher pode roubar-me com os seus poderes mágicos, ou então apenas com a sua conversa, sim, que sei eu, sou um mero fantoche!, os fios são puxados, de repente, estou já sentado a uma mesa na sala Madame Rasmussen fecha a porta da cozinha e o cheiro a estufado diminuiu, é um alívio.

— Diga-me: o que o preocupa a ponto de procurar os serviços de Madame Rasmussen?

A referência a si mesma na terceira pessoa não augura nada de bom; porém, prossigo, após levar a mão ao bolso da camisa, uma vez mais.

— Tenho vários problemas na minha vida. A minha noiva partiu para o estrangeiro, não me sinto bem, há cheiros que...

— Não diga mais nada! — a mulher berra de tal modo que salto na cadeira, os seus cabelos castanhos caem-lhe sobre o rosto ao falar, os dedos contorcem-se, o vestido azul parece escurecer por magia, sim, agora estamos bem lançados, alguma coisa sairá disto, estou certo. — Não precisa de revelar mais nada a Madame Rasmussen! Dê-me as suas mãos!

Esta mulher não pede — ordena. Estendo as mãos, reparo que preciso de cortar as unhas, as mãos tremem--me como no banco, fremem de frio ou medo ou angústia ou saudades, Madame Rasmussen tem os cabelos caídos sobre o rosto, ah, neste momento, é uma sibila, uma profetisa, imagino-me na antiga Delfos, os cheiros a estufado são os vapores que brotam da terra, fecho os olhos, é agradável ter assim as mão estendidas, este contacto humano é caloroso, talvez já esteja curado, abro os olhos, cogito ir-me embora, estou curado, sim, mas a mulher tem outras ideias.

— Tem um grande desgosto de amor! Sim, a sua noiva partiu, sinto-o.

— Sim, claro, acabei de lho dizer...

— Cale-se! Não interfira com os poderes de Madame Rasmussen... vejo uma cor... não é azul, nem verde...

— Amarelo?

— Sim, é amarelo! O amarelo de alguma coisa que deseja... não é o Sol, é algo mais concreto.

— Sim...

— O amarelo de uma casa!

— Sim.

É espantoso, ela tem de facto poderes sobrenaturais, aperta-me com mais força as mãos, reparo que tem olhos verdes, deve utilizá-los para atrair clientes, é uma pequena ratazana, esta Madame Rasmussen, mas também eu o sou, aqui dentro está quente, transpiro, a proximidade a uma mulher atrai-me, cedo aos mais vis atavismos.

— O senhor trabalha muito para a conseguir... é escriturário...

— Não!

— As suas mãos dizem-me que é um homem de documentos, de letras...

— Claro, são mãos sem calos.

— Cale-se! Troça dos poderes sobrenaturais?

— Não, claro que não.

— Então, demonstre respeito. Se não acreditar, não o posso ajudar. Como dizia, vejo que é um homem de letras... um escritor!

— Bem, não propriamente.

— Repórter!

Abano a cabeça em negação, preferia que se calasse e fosse direta ao assunto mais importante, não preciso que ela me diga qual a minha profissão.

— Ouça, Madame Rasmussen...

— Tradutor! — ela afirma-o enquanto revira os olhos verdes numa atuação deveras impressionante.

— Sim.

— E deseja comprar uma casa amarela para a sua noiva, que partiu para outro país!

— Sim. Mas, escute, eu poderia ter-lhe dito isso...

— Cale-se! Já lhe disse que tem de acreditar, ou nada resulta. Quer saber se ficará com a casa e a se a sua noiva gostará dela, ou não é assim?

— Sim.

Madame Rasmussen levanta-se com brusquidão, larga-me as mãos, deixo-as embater na mesa, isto é ridículo, o que faço eu aqui?, a fome tolda-me a mente, este cheiro a estufado enjoa-me, preferiria apanhar ar fresco lá fora, ela começa a entoar um cântico obscuro, não percebo uma única palavra do que diz e, de repente, bate com a cabeça na mesa, aparentemente desmaiada, não sei o que fazer.

— Madame Rasmussen?

Ela levanta-se de novo, senta-se, penteia o cabelo, tem a cara muito avermelhada, creio que embateu com a fronte na mesa, está marcada, ela parece estontecida, tenta falar.

— Conseguirá a casa amarela para a sua noiva, que regressará num dia de primavera.

— Num dia de primavera? Mas quando? Este ano?

— Madame Rasmussen não sabe tudo, apenas aquilo

que capta nas linhas cruzadas do destino. Mas vê que a casa será sua e que se reunirá à sua noiva.

— Bem, bem, tudo certo.

Cruzo as pernas, penso que Madame Rasmussen talvez não seja uma charlatã, pode haver aqui alguma sabedoria ancestral, a ciência não explica tudo, há pessoas com poderes desconhecidos, há que manter a esperança.

— Madame Rasmussen, gostaria de lhe perguntar se me pode esclarecer relativamente a outra questão.

— Diga, estou aqui para isso, pode confiar tudo a Madame Rasmussen.

— O problema é que sou perseguido por visões e odores estranhos.

A vidente debruça-se sobre a mesa, a testa continua vermelha, parece-me inchada, deve doer-lhe bastante, perturba-me que me olhe assim, com cara de coruja, quer notoriamente impressionar-me, acerca cada vez mais a sua cabeça da minha, irra, que é demais, sou obrigado a levantar-me da mesa, apoio as mãos nas costas da cadeira.

— Explique-se melhor: que tipo de visões e odores? Incomodam-no, não é assim?

— Sim, claro que me incomodam. Temo estar a enlouquecer, ainda esta noite tive pesadelos estranhos, sei que são apenas pesadelos, mas não consigo deixar de sentir que têm a sua importância, um significado oculto. E nem sei ao certo se durmo!

— Conte-me mais detalhes, por favor.

Narro-lhe os sonhos que tive, os pesadelos em que Helena desaparecia e eu matava todos os que me apareciam pela frente, lutava contra os inimigos sem parar enquanto me afastava dela, a cartomante escuta, parece atenta, aquele papo na testa é horrível, é impossível que não sinta dores, ela abana a cabeça.

— Madame Rasmussen sabe porque tem esses pesadelos!

— Sabe?

— Sim. Esses pesadelos representam o medo que tem de falhar, de lutar em vão, de se esforçar para se unir à sua noiva e nunca o vir a conseguir. Sobretudo agora que a sua noiva partiu.

Sim, é claro, tão simples, como não pensei nisso antes, na verdade, não pensei em nada, saí de casa a correr, não refleti sobre o assunto, estou indubitavelmente a endoidecer, não sigo as mais elementares regras da lógica, preciso de uma vidente para me auxiliar a compreender o que me vai dentro da cabeça e que, no fundo, já sabia, é patético, verdadeiramente grotesco, mas não estou ainda satisfeito, falta-me a explicação para os cheiros, as manifestações infernais.

— E os cheiros?

— De que cheiros fala?

— Cheiros horríveis, a alcatrão, enxofre, a queimado, como, por exemplo, sinto agora mesmo.

— A queimado? Sim, de facto, cheira a queimado!

— Também o sente, Madame Rasmussen?

— Claro!

Ela levanta-se, passa por mim a correr, abre repentinamente a porta da cozinha, e o fumo invade a sala, o estufado arde no fogão e Madame Rasmussen perde um pouco da compostura, erragueja e ouço pratos e tachos lançados sem cuidado, já não é tão madame, faltou-lhe a fineza, pragueja como um marinheiro bêbado num bar, parece ter-se esquecido de mim, aguardo e tusso, este fumo enche a sala, talvez seja um sinal maléfico, a vidente serve as forças ocultas, devo ir-me embora, mas primeiro quero pagar a consulta, não desejo mais más vibrações, ela regressa, o cheiro a queimado irrita-nos os narizes.

— Bem, aconteceu um lamentável acidente.

— Sim, talvez seja melhor voltar noutro dia, para terminarmos.

— Sim, sim, com certeza, tem de voltar! Temos de trabalhar várias questões; a casa será sua, mas precisa de alguma ajuda!

Madame Rasmussen pisca-me o olho, retiro o maço de notas do casaco, saco de uma nota cujo valor me parece apropriado para a consulta dada, ela agarra-a avidamente, os olhos brilham, a testa cintila, céus, que inchaço, tenho de sair antes que morra aqui asfixiado, dirijo-me à porta, ela acompanha-me.

— Bem, obrigado. Até um destes dias. E as melhoras.

Faço um gesto apontando para a testa, Madame Rasmussen agradece.

— Obrigada. Não se esqueça, tem de voltar, precisamos de muitas sessões e consultas para que consiga a casa.

Isto dito, fecha-me a porta na cara, uma saída menos prodigiosa do que a entrada, tudo isto é obsceno, estou um pouco mais pobre e igualmente perturbado, Madame Rasmussen não resolveu os meus problemas, ser-lhe-ia difícil, para ser justo, queimou o estufado, mas não desistirei, ela confirmou-me que a casa será minha, sim, sou um homem do intelecto, porém, não excluo as minhas superstições, acreditava em Helena, era o meu ídolo, mas agora não tenho um ídolo a quem fazer oferendas, só a terei de volta quando obtiver a casa amarela, pintá-la-ei de rosa, será a maior oferenda, e a minha deusa descerá até junto de mim, onde a poderei venerar dia e noite, silenciosamente, sem incomodar a divindade, sim, ela é o único ser acima de todos nós, o sonho não significava o medo de falhar, era, na verdade, um aviso para continuar a lutar, a chafurdar na lama, no esterco, até atingir o topo, onde Helena plana em asas de borboleta, terá de ser essa a explicação, a minha mente ainda guarda alguns momentos de lucidez, a conjuntura não ajuda, mas combato-a com todas as minhas forças, e a casa será minha, trabalharei até alcançar o que pretendo e nunca mais nos separaremos.

Desço as escadas, saio para a rua, o filho do ferreiro brinca no passeio, olha para mim, sorri, eu sinto uma enorme ansiedade, desejo ver a casa amarela, o garoto regressa ao interior da loja e acena-me um adeus.

X

Sinto-me efusivo, não tenho paciência para caminhar até à casinha, decido apanhar o elétrico, caminho até à paragem, não falta muito para a hora de almoço e vejo poucas pessoas nas ruas, o elétrico chega quase vazio, o vento abrandou um pouco, e o Sol brilha, parece-me um tempo realmente auspicioso, pago o bilhete, trago suficiente dinheiro comigo para pagar muitos bilhetes, tenho de o guardar bem, toco--lhe, é ainda pouco para comprar uma casa, espero que o Valido me entregue as traduções quanto antes, espero muito tempo para as receber, semanas, meses, anos, com aquela série começarei a poupar algum dinheiro, terei de esclarecer a situação das datas, não posso viver de rumores, sento-me à janela, o elétrico arranca, ponho a mão de fora, e o vento gela-me os dedos, abro bem a mão para sentir o frio, um homem olha para mim da outra ponta do veículo, parece hipnotizado, pouco me importa o que pense de mim, talvez sejamos mesmo um nada neste mundo, não sei se sonho ou existo, a estrumeira arde e seremos todos engolidos num mar de lodo e conspurcação, a vida é grotesca, não sei porque me agarro a ela, Helena é a única explicação, tudo me entristece terrivelmente, não consigo manter o ânimo, Madame Rasmussen disse-me que ficaria com a casa, mas não sei se deva acreditar, ou se o consigo fazer, o meu ceticismo vence-me sempre, deixo a esperança morrer uma e outra vez, mantendo-a, ao mesmo tempo, viva, parece impossível, porém, faço-o, não sei como, a barriga ronca, avisa-me de que devo comer, não tenho apetite, sinto um enjoo que me faz engolir em seco quando penso em comida, o elétrico avança, recolho a mão, está gelada, quase roxa, a minha pele está seca, tenho envelhecido, era novo há tão pouco tempo, os anos passam e não tenho nada a mostrar ao mundo, as possibilidades eram tantas na minha juventude, poderia ser tudo, acabei no nada, sim, sou tradutor, sou aquilo que faço e não sou ninguém, sou um nome numa folha de papel, Helena partiu, prolonguei por anos uma vida, adiei tudo para não chegar a lado nenhum, terei de mudar agora, cada vez tenho menos tempo, esperei demasiado, fui adulto em criança e criança em adulto, misturei tudo e fui um meio-termo, vivo com as consequências, voltar atrás é impossível, sinto-me um pouco mais alegre, os carris chiam, sinto-me outra vez triste, não sei qual a minha disposição, acordo alegre e deito-me triste, mas quando acordo triste, raramente me deito alegre, chegará o dia em que só me deito e acordo triste?, miserável, não soube para onde soprava o vento, agora, sigo a corrente, o elétrico detém-se, é esta a minha paragem.

Salto para o passeio, levo a mão ao bolso da camisa, tenho o hábito de nunca deixar de tocar no que é importante, temo constantemente perder o que me é valioso, não deixa de ser paradoxal, tendo perdido Helena, se bem que não a tenha perdido por completo, ela partiu, eu fiquei, ainda estamos unidos, é intolerável morar comigo, mas não desisto, não enlouqueci por completo, sinto-me de novo extasiado, sorrio, nem quero ver o meu reflexo, o meu estado deverá ser genuinamente patético, revejo a menina que ontem vendia laranjas, tenho uma no bolso, mas ela sorri-me e dou-lhe uma moeda, guardo a segunda laranja no outro bolso, tenho agora o casaco equilibrado, uma laranja de cada lado, abeiro-me, confiante, da casinha amarela, lá está ela, é ainda mais encantadora à luz do Sol, ajeito o casaco e a gravata manchada, a velhota não deverá ver bem, mas não é certo que veja mal nem que seja velha, enganei-me redondamente com Madame Rasmussen, o gato está à janela, de pernas esticadas recebendo o calor do Sol através da vidraça, puxo uma corda e o sino toca junto à porta, espero que a velha não seja surda, aguardo um instante, estou nervoso, volto a tocar a sineta... com força!... o gato continua no mesmo sítio, senta-se impávido e sereno, a porta abre-se, não me enganei, é, de facto, uma velhota, eu pouso os braços no portão de ferro, a velha dá alguns passos junto às plantas, o gato salta do peitoril da janela, sorrio.

— Bom dia.

— Bom dia.

— A senhora é a dona desta casa?

— Sim, sou eu. O que deseja?

— Muito prazer.

E apresento-me... puxo dos galões, afirmo-me um grande trabalhador, presto a serviços a este e àquele, cheguei inclusive a conhecer, em tempos, a rainha... descendo de linhagens honestas, sou também um homem ocupado, prossigo.

— Bem, isto pode parecer-lhe estranho, mas, em suma, queria perguntar-lhe se não pensa vender a casa. Seria possível? Ponderará, porventura, uma oferta?

— Vender a casa?

A velha parece confusa, o cabelo ralo permite entrever a pele rosada do crânio e, conquanto o seu ar frágil, não tem as costas abauladas.

— Sabe, jovem, nunca pensei a sério em vender a minha casinha, mas há certas circunstâncias que... entre, por favor.

Confesso-me surpreso, pois convida-me a entrar, será este um bom sinal?, a velha arrasta-se até ao portão, o gato espreita à porta de casa, entro no pequeno jardim, a mulher encosta o portão, ficamos frente a frente, ela é muito mais baixa do que eu, nota-se que encolheu com a idade, a coluna não aguentou o peso dos anos, tenho de ascender ao monte de estrume antes que a idade me faça descer, mirrar até ao fundo, o meu auge já passou, a velha sorri-me.

— Sabe uma coisa, jovem, não costumo abrir a porta a desconhecidos. Mas achei que tinha cara de boa pessoa!

Claro, o trabalho, a gravata, a rainha, tudo isso melhora

as feições, a aura, decerto não a irei estuprar nem roubar, impossível, pigarreio, faço-lhe uma pequena vénia.

— Obrigado, minha senhora. As minhas intenções são as melhores, assevero-lhe. Peço desculpa por a incomodar a esta hora, temo que estivesse a preparar o almoço.

— Ah, não, já almocei, sou velha e deito-me muito cedo, o que me faz acordar também muito cedo... e a minha bexiga...

— Compreendo, compreendo! Faz muito bem, dizem que acordar cedo mantém a saúde, rejuvenesce o corpo.

— Sim, não me posso queixar. Só é pena a bexiga.

O gato aproxima-se lentamente, desconfiado.

— Bem, para não a fazer perder tempo, o que lhe queria dizer era o seguinte: a minha noiva partiu ontem para um país estrangeiro...

— Não me diga? Para muito longe?

— Sim, para mais longe do que eu gostaria.

— Por que motivo, se posso perguntar?

— Por causa de um trabalho; uma amiga chamou-a, arranjou-lhe um trabalho por lá.

— Sim, estou a ver, a vida está complicada por cá. Mas volta?

— Espero que sim. É por isso que lhe queria falar sobre a casa. A minha noiva gosta imenso desta casa, e eu gostaria de lhe fazer uma surpresa ao comprá-la para aqui morarmos, percebe?

A velha sorri-me, a minha intervenção apressada talvez não tenha sido demasiado ridícula, quiçá me leve a sério.

— Sabe, eu moro aqui há mais de cinquenta anos; nunca pensaria deixar esta casa se não estivesse longe da minha filha, é a única família que me resta, só a minha filha e mais ninguém. Ela mudou-se com o marido para outra cidade e tenho pensado em mudar-me também. Que feliz coincidência o jovem aqui ter passado! Sabe, nunca pensaria em sair daqui se não fosse por isso, não, nunca. Por causa da minha filha, quero eu dizer. Foi aqui que a criei e vivi a minha vida de casada com o meu falecido Tomé, que Deus o tenha em eterno descanso.

— Lamento.

Lamento, de facto, porque não acompanhou esta simpática idosa o seu cônjuge, certas uniões nunca deveriam ser desfeitas.

— Não se lamente, é assim a vida, e foi há já tantos anos que partiu!

O gato roça-se nas nossas pernas, mia, passo uma mão no seu pelo lustroso.

— Então a senhora pensa vender a casa... por que valor?

— Ah, estas ideias vagas... nunca pensei no preço que havia de pedir, terei talvez de falar com a minha filha. Mas, se o senhor quiser passar cá um destes dias, terei muito gosto em conversar consigo.

— Sim, certamente, fá-lo-ei.

— Deseja dar uma espreitadela à casa?

— Se não se importar.

A velha sorri-me e dirige-se à casa, tem um passo mais ligeiro do que aparenta, é curioso como a velhice torna uma pessoa mais adorável ou mais intragável, esta mulher teve a sorte de desenvolver as suas capacidades de velhinha amorosa, por certo não alcançarei tal idade e, mesmo que isso acontecesse, nunca envelheceria tão bem, apodreço por dentro, sou uma carcaça putrefacta, o gato segue-a de rabo erguido, acompanho-os e, em breve, vejo-me no vestíbulo, não cheira a estufado, por Zeus, é um alívio, a casa é airosa, bem iluminada, não muito grande, mas o que importa é que não me cheira a enxofre, queimado, alcatrão, lodo, nesta casa respira-se e poderíamos viver.

— Entre, entre!

— Não se preocupe, não quero incomodá-la. Poderei vê-la em pormenor quando regressar daqui a uns dias e falarmos de detalhes e do preço.

— Com certeza, jovem.

A velha acompanha-me até ao portão, aquece os ossos ao Sol, o gato segue-a, quer alguma coisa, damos um aperto de mãos e faço um gesto para levantar o chapéu, maldição, esqueço-me de que não tenho chapéu!, um escândalo, o que pensará de mim a velhinha, não está senil nem cega, bem vê em que estado me apresento, ainda assim, ela disse que eu tinha cara de boa pessoa, nem tudo está perdido, está interessada em vender a casa, talvez Madame Rasmussen tivesse razão, é possível que os seus poderes sejam verdadeiros, é uma genuína vidente, terei de a consultar de novo, mas será possível comprar a casa?, dona Lucrécia suga-me o sangue, os parasitas não me pagam, será possível?, olho para trás e a velhinha acena-me, o gato, aos seus pés, enrola-se-lhe nas pernas, espero que a velha não caia antes de me vender a casa, uma queda nesta idade pode ser fatal, a vida é passageira, o tempo que temos é curto. mas sofremos tanto para o manter, estou a ser ridículo, lamechas, as saudades afetam-me amargamente, onde estará o navio onde Helena viaja?, pergunto-me o que fará, faço-o de forma inconsciente, nem eu próprio me apercebo de que não faço outra pergunta que não essa, é por esse motivo que tenho pesadelos, vivo atormentado, meu Deus, ela partiu apenas ontem, eu estou já assim, a ruína de um homem é rápida, estarei completamente louco, é possível, ela tinha razão em fugir de mim, partiu em busca de um trabalho que aqui não tinha, mas também para me escapar, ah, queimo tudo à volta, também eu ardo sem saber e arrasto comigo quem tenta soltar-se da estrumeira fumegante, as pessoas acorrem à rua, têm fome, eu tenho duas laranjas nos bolsos e nenhum apetite, caminharei até ao escritório da editora Valido, o mentecapto do seu dono e gerente está a esta hora escondido como um texugo no seu covil, come migalhas para poupar uns trocos, andarei em círculos até ser uma hora conveniente, esqueço-me com facilidade das horas, o relógio está em casa, sem corda, em cima da secretária, trocá-lo-ia por um mapa enorme, olho para a torre de uma igreja, vejo as horas no seu relógio, encolho os ombros, inicio a minha caminhada circular.

XI

Decido avançar com fúria até ao escritório de Valido, o homem só come restos, escarafuncha em busca de podridões, não necessita de uma hora de almoço bem definida, sinto uma tontura, deveria alimentar-me, mas não consigo, estou demasiado ansioso, o coração pulsa para sair do peito, a garganta lateja, sinto renovadas dores nas costelas, a vidente não referiu quaisquer doenças, estou rodeado de aldrabões, incompetentes, ninguém tem brio no seu trabalho, sacudo o casaco, não sei porque o faço, como não sei por que faço muitas coisas, sou um mistério para mim mesmo, se controlasse todos os meus gestos e pensamentos seria um homem feliz, bato à porta, espero um pouco, a porta abre-se, não vejo uma funcionária, mas sim duas pessoas que conheço bem, Teodorico e Hermengarda, surpreendo-me por os ver aqui, Teodorico agarra-me de imediato o braço, a porta está aberta, vejo agora a secretária que ontem me recebeu.

— Ora, se não é o nosso amigo tradutor!

— Que surpresa!

Hermengarda solta a sua ridícula gargalhada de colegial, parece feliz, o seu amigo também, só eu permaneço sorumbático.

— Sim, uma feliz surpresa, meus amigos. Não os esperava ver aqui — é, de facto, uma surpresa, ninguém me poderá dizer que minto.

— Estivemos a conversar com o doutor Valido — diz Teodorico, outra pessoa que parece conhecer melhor as habilitações académicas do venerando editor; possivelmente, na próxima semana, Valido será professor doutor, ou catedrático, pois chega-se a um ponto em que tal promoção é inevitável.

— Ah, sim? Há novidades? — finjo-me interessado quando, na verdade, não o estou.

— Sim — é Hermengarda quem responde —, seremos publicados! Eu e o Teodorico.

— Não me digam! Pelo Valido? É fascinante!

Mais uma vez, não minto, é verdadeiramente fascinante serem publicados na editora de Valido, um homem que não lê nenhum autor ainda não firmado na área e que não tenha, no mínimo, trinta anos de experiência.

— Sim, e tudo graças ao nosso amigo crítico! Ontem, quando saíste, estivemos a conversar com ele e recomendou-nos ao doutor Valido, que fez questão de nos chamar hoje ao escritório. Foi uma feliz coincidência esta de descobrirem tão casualmente o nosso talento, estamos muito felizes!

Teodorico aperta-me o braço enquanto fala, ele está claramente extasiado, Hermengarda ri-se como uma idiota.

— Bem, muitos parabéns, meus caros. Aguardarei os vossos livros com ansiedade.

Pela primeira vez, não sou honesto.

— Terás direito a um exemplar autografado — Teodorico pisca-me o olho. — Agora, não te fazemos perder mais tempo; temos ainda de almoçar, e tu de trabalhar. Vemo-nos por aí, e não te esqueças de vir ao café para celebrar connosco.

Teodorico aperta-me a mão, Hermengarda dá-me dois beijos nas faces, partem alegremente, a secretária continua com a porta aberta, as suas repas parecem-me maiores, será uma ilusão, sinto de novo um cheiro a enxofre ao entrar no escritório, ela lembra-se de mim, guia-me com gestos denunciados.

— Vou perguntar ao doutor Valido se o pode atender. Aguarde um momento, por favor.

— Obrigado.

Estou abismado com as novidades, assim se criam autores, nunca soube para onde soprava o vento, sem dúvida, falta-me a esperteza necessária para o efeito, as minhas capacidades de socialização permitem-me apenas encantar, por momentos, velhas como a minha senhoria ou a dona da casa amarela, talvez nem essas, dona Lucrécia está abaladíssima com a situação ocorrida na escada, *kartofler*, a velhinha da casa também pode perder as ilusões se eu não tiver o dinheiro necessário pronto a tempo horas, se não lhe bater as notas na mesa, com força, a filha talvez não queira que ela venda a casa, tudo pode correr mal, Madame Rasmussen pode ou não estar certa, vivo na incerteza que me estilhaça os nervos, sinto-os quebrar como copos de vidro, lá fora está sol, aqui dentro uma escuridão assombrosa, a secretária regressa.

— O doutor Valido pode recebê-lo.

A honra de ser recebido pelo rei-doninha, um momento glorioso, posso morrer em paz, ela acompanha-me até ao gabinete, sinto-me estranho dentro do meu corpo, não sei, por momentos, se vivo ou sonho, posso não existir, Valido está sentado atrás da escrivaninha, o fuinha mastiga uma côdea, é esse o seu almoço, prefiro não comer nada a degradar-me desse modo, a secretária sai e fecha a porta, nota-se perfeitamente que o pão está duro, tem duas semanas, um mês, parece-me ver bolor numa das extremidades, tudo isto é grotesco, não há nenhuma vela acesa, o Sol brilha, mas os seus raios pouco penetram nesta masmorra, o texugo fedorento come de boca aberta, o seu aspeto intelectual sofre em tais circunstâncias, mostra a sua verdadeira natureza, é uma ratazana ao comer, faz-me um gesto para me sentar, instalo-me numa pilha de livros.

— Boa tarde, meu amigo. Peço desculpa por recebê-lo assim, mas estava precisamente a terminar o meu almoço.

— Boa tarde. Não se preocupe, esteja à vontade. Talvez tenha chegado um pouco cedo demais.

— Não, não, está tudo bem. Apenas me demorei um pouco mais à refeição porque atendi dois jovens que publicaremos em breve, dois novos talentos que a editora Valido tem o prazer de acrescentar ao seu catálogo. Dois talentos jovens, porém, já bem referenciados!

Sim, de novo, as referências, não há nada como ter uma boa referência para progredir na vida; nesta cidade, uma referência tem mais valor do que o trabalho, a honestidade, as competências, o esforço, é assim que as coisas são, é um sistema válido!, Valido continua a falar depois de limpar os cantos da boca, estão secos, na verdade não tem nada que limpar, só come migalhas, contém um arroto com a mão diante da boca e sinto o cheiro a enxofre intensificar-se, encontro-me perante uma abominação, um servo do submundo.

— Bem, então o meu amigo passou por cá, diga-me o que o preocupa.

— O que me preocupa? Nada, na verdade... ou talvez sim. O senhor disse-me que conversaríamos hoje sobre a tradução dos próximos tomos da série «Batalha», sendo esse o motivo para o incomodar em tão má hora. Contudo, obtive ontem uma informação que me deixou um pouco inquieto. Rumores, provavelmente.

— E que dizem esses rumores?

O fuinha recolhe com as pontas dos dedos as migalhas caídas no tampo da escrivaninha, olha-me de frente e esquece que observo de soslaio a miserável sobremesa do grande editor, a situação é deplorável, vivem-se nesta salinha escura os piores momentos da humanidade desde que saímos das cavernas, os dedos sobem-lhe aos lábios, sim, está consumado o horror, as migalhas são digeridas.

— Dizem-me que pretende editar o segundo tomo da série já daqui a dois meses, o que, para além de me parecer precipitado quando o primeiro ainda não saiu, me surge como uma impossibilidade técnica, sendo impossível traduzir um livro tão volumoso em tão pouco tempo. Isto se se der o caso de ser eu o tradutor...

Valido rumina as migalhas, os restos são uma orgíaca refeição, o homem sofre com todas as despesas, a guerra fez aumentar o preço do papel, todos os seus rendimentos sofreram uma queda abrupta, alguns inquilinos morreram nas trincheiras e perdeu meses de renda, os bens deixados nos quartos acanhados não foram suficientes para colmatar as perdas, ah, sim, tenhamos compaixão, é alguém que sofre.

— Pois, bem, meu caro, compreendo perfeitamente a sua questão. De facto, pretendemos editar o livro dentro de dois meses, mas a questão da tradução não está resolvida, ainda não decidimos.

— Como assim? Se pretende editar o livro daqui a dois meses, terá já decidido quem o traduzirá, mesmo que o faça a partir de uma língua que não a original.

— Sim, mas ainda ponderamos o assunto.

— Não entendo: o senhor disse-me ontem que me daria um prazo mais alargado do que aquele que tive da parte de Szarowsky, e que pretendia ver-me como tradutor da série. Hoje, a situação é diferente?

— Bem, sabe, ainda não decidimos! Entretanto, gostaria de comentar as alterações feitas à sua tradução?

— Alterações? Que alterações?

— As feitas pelo doutor Szarowsky.

— As alterações feitas pelo Szarowsky? Como assim? Não conheço alterações nenhumas, nunca mais vi o livro depois de o entregar, isto há já dois anos! — mostro-me irritadíssimo, fecho os punhos. — Não posso comentar o que não conheço, mas tendo em conta que o senhor Szarowsky, que nem sequer lera o livro, pretendia alterar, nesse livro, todas as ocorrências do termo neve por chuva, e todas as referências a lagos por rios, pois, a seu ver, o público nacional desconhece tais realidades no nosso aben-çoado país, que posso eu dizer?! Sim, o quê?

— Compreendo, mas as alterações...

— Bem, entendo, oh, sim, percebo agora o que se passa — dou uma pancada na escrivaninha, o som reverbera no tampo de madeira, Valido encolhe-se. — Diga-me só, por curiosidade: se o enviou já para a tipografia, onde a sua filha labuta afadigadamente para conceber mais uma pérola grá-fica, porque me chamou ao seu escritório e me comunicou que pretendia entregar-me as traduções?

Ah, o sacana, o fuinha, o texugo, o forreta tira-me o pão da boca enquanto enche a sua a ponto de espalhar migalhas sobre os papéis, os livros!, promete trabalho e depois foge, enfia-se na sua toca, as alterações, mas que alterações, estes editores não leem!, meu Deus, que miséria mental, o cheiro a enxofre aumenta, é insuportável, menosprezam o meu trabalho, Szarowsky continua a prejudicar-me, esse grande imbecil, outro fuinha, caloteiro, sempre pôs em causa o meu trabalho, nunca suportou a minha presença, e eu que nunca lhe fiz mal nenhum!, ah, se um elétrico o atropelasse, o deixasse feito numa polpa sangrenta, que belo dia, que fantástico dia!, o fuinha não responde, não sabe o que dizer, não é preciso, entregou a tradução a outra pessoa e não quer assumi--lo, são todos uns cobardes; nesta cidade, ninguém admite nada do que faz, alguns falam e deixam subitamente de falar, nunca há justificação, ninguém se mantém fiel ao que disse, são montes de esterco, são eles que formam a estrumeira em chamas, pedaço por pedaço, excremento sobre excremento, um tratado escatológico... vivo!... isto é intolerável, e que quero eu ouvir de Valido se ele nada tem para me dizer?, as suas ações não têm por base a lógica, move-se, como os restantes, por interesses, conluios, traições, incompetências, Helena partiu e ainda bem que o fez, aqui não se respira, a besta não fala, os maxilares movem-se na sua contínua ruminação.

— Ora, vejo que o senhor Valido não tem nada para me dizer, e eu recuso-me a ver o meu trabalho posto em causa por si e por aquele escroque do Szarowsky, um homem que não sabe o que é um lago e não entende uma única palavra da língua original. O desplante das suas revisões! Nem a nossa língua sabe! Pretensioso! Sabia que o último nome do presunçoso nem sequer é Szarowsky?

Dou novo murro na escrivaninha, levanto-me, o fuinha parece ainda mais afundado na cadeira, um figo seco e mirrado, os vapores sulfurosos enchem a divisão, viro-me para a porta mas, de repente, tiro dos bolsos as laranjas.

— Tome lá isto, precisa mais delas do que eu! Guarde-as bem, muito bem, tem em sua posse almoço para uma semana!

Pouso violentamente as laranjas na escrivaninha, pego de imediato numa delas e quase lha atiro à cabeça, simulo o gesto, Valido fecha os olhos e não diz nada, o seu ar amedrontado dá-me vontade de o encher de pancada, é vil, asqueroso, não me desgraçarei por um verme, descasco a laranja que tenho na mão, lanço a casca para o chão e arranco um gomo, meto-o na boca, mastigo-o, sinto o suco na língua, pouso a laranja sem um gomo na escrivaninha, ao lado da outra, caminho até à porta, abro-a, preparo-me para sair.

— Uma última coisa, senhor Valido: *kartofler*!

O velho sobressalta-se, dá um pulo na cadeira, não esperava por esta, levou uma chapada na cara, *kartofler, kartofler, kartofler*, não recordo o significado, terei de pesquisar, mas tenho tantos afazeres, deixo Valido e as laranjas no gabinete e atravesso apressadamente o escritório, não cumprimento a secretária, não falo com servas do Belzebu, escancaro a porta da rua e fecho-a com estrondo, sinto-me mais aliviado, nunca mais me chamarão aqui nem me oferecerão trabalho, isso de nada interessa, traçaram-me o destino pelas costas, como bons vermes que são, não tenho nada que fazer aqui, não perco tempo, volto para casa, talvez sobrem alguns restos do almoço de dona Lucrécia, não tenho apetite, todavia, preciso de comer, o que importa é a casa amarela, não ganharei dinheiro aqui, não há traduções, mas qual é o problema?, demoraria anos até receber tudo o que me devem, terá de haver outra solução, nada está perdido, o Sol brilha e Madame Rasmussen confirmou que a casa seria minha, tusso, tenho um ataque de bronquite, algo me afeta os pulmões, querem destruir-me, mas não o permitirei, volto para casa, para os estufados de dona Lucrécia, essa avarenta guarda dinheiro debaixo da almofada, sim, quanto dinheiro terá?, uma fortuna!, sim, é isso, talvez possa pedir emprestado a dona Lucrécia, não, é demasiado sovina, nunca me emprestaria o dinheiro, mas, bem, porque não tirar-lhe um pouco?... aliviá-la... a velha tem o pescoço torcido, começa a ficar corcunda por dormir em cima de um tão espesso maço de notas, averiguarei a situação, é necessário confirmar se as declarações da criada são verdadeiras, tenho de manter a racionalidade, um pouco de pensamento crítico, coerente, é difícil quando vejo tudo a arder, o mundo em meu redor esvai-se em chamas, cheira a alcatrão queimado, ouço gritos, é horrível, onde estará Helena, terá laranjas à disposição no navio?, que saudades tenho dela, fosse homem para isso e choraria, dói-me o peito, falta-me o ar, recomponho-me, as pessoas fitavam-me, pareço um louco, decido apanhar o elétrico, regresso a casa, as ideias de teor moral esvaem-se com o movimento do veículo sobre os carris, sou um mero tradutor, não o defensor da justiça humana, não sou o seu campeão, puxam-me para baixo e nado no lodo.

XII

O tempo decorre veloz, a viagem de elétrico é um vazio, não sei como entrei e saí, o guarda-freio de serviço poderia ser o facínora meu conhecido, esse elétrico fez toda a minha vida descarrilar... que digo eu, estava destruída há já muito tempo, caio no ridículo, sou um ateu que frequenta videntes, não se pode esperar muito em termos de lógica, não sou o único, todos são tomados por ações e gestos cuja origem desconhecem, apoderam-se deles humores bizarros, talvez os nossos corpos queiram acordar-nos para a realidade, ardemos todos na estrumeira, mas ninguém o vê, para que temos nós olhos se não vemos nada?, irra, que aberração da natureza, o vento volta a aumentar de intensidade, esfria, vejo algumas nuvens acercarem-se, quase tropeço numa criança que passa por mim a correr, leva um saco de carvão às costas, suja-me as calças, não me importo, não me dou ao trabalho de as limpar, tudo isto é sórdido, ainda não pensei como entrar no quarto de dona Lucrécia, ela está sempre em casa, percorro mais alguns metros, vejo algumas pessoas diante do edifício onde resido, a porta está aberta, escancarada, a criada está cá fora, pálida de uma vida levada entre tachos e panelas, uma mulher barafusta no vestíbulo, não a conheço, a menina Sancha também ali está quando, de facto, deveria estar a trabalhar, não vejo o estudante, alguma coisa se passa, não encontro a minha senhoria, chego, por fim ao prédio.

— Que aconteceu?

— Ah, nem imagina — responde a criada. — A dona Lucrécia desgraçou-se!

— Desgraçou-se! Como assim?

— Caiu pelas escadas abaixo — diz a criada. — Ficou estendida, sem sentidos!

A menina Sancha chora, leva um lencinho aos olhos e confirma-me a história com um aceno de cabeça, a mulher desconhecida cruza os braços, tem aproximadamente a minha idade e parece muito carrancuda, a criada prossegue, nunca mais terá um dia de tanta agitação na sua pacata vida.

— Caiu, veja bem, quando subiu até ao seu quarto.

— Ao meu quarto?

— Sim, a dona Lucrécia quis verificar se estava tudo bem consigo enquanto almoçávamos, já que não o vimos de manhã... oh, é terrível! — diz a menina Sancha.

A maldita velha sovina e coscuvilheira! Tinha de subir para espiar o meu quarto, sempre a meter o nariz onde não é chamada, aposto que subiu e desceu as escadas às escuras, só para poupar em velas, ah, grande forreta, metediça, a criada não está satisfeita, gosta da atenção que o caso lhe proporciona, alguns transeuntes param para ver o que se passa, alguns mantêm-se na expectativa.

— E, veja bem, teve de ser levada para o hospital na carroça da fruta.

— Na carroça da fruta!

— Sim, é como lhe digo. E tratámos de chamar logo a sobrinha da dona Lucrécia, por ser a parente mais próxima... Veja bem, lembrei-me de que a dona Lucrécia tem um caderninho com moradas e procurei-a, e ela aqui está.

A desconhecida mal-encarada é então a sobrinha da velha, a megera tem família, nunca pensei, ela olha para mim e estende, com desprezo, uma mão, ofereço-lhe um aperto dos dedos.

— A senhora é sobrinha da dona Lucrécia?

— Sim, sim.

— Muito prazer! — digo.

— Muito prazer — retorque ela. — É lamentável o que aconteceu. Presumo que seja o senhor o inquilino do primeiro quarto...?

— Sim, sou eu — cumprimento-a, a menina Sancha chora. — Mas como está a sua tia?

— Não sabemos ainda, mas o caso é sério, muito sério. É claro que, enquanto a minha tia não recupera, ficarei cá em casa e cuidarei dos inquilinos. Ocupo ainda hoje o quarto da minha tia, e posso garantir-lhe que a gestão desta casa mudará muito. Não queremos mais pessoas a cair pelas escadas abaixo.

— Certamente, certamente!

— Esta casa tem sido muito mal gerida. E esta poupança de luz... só causa transtornos de saúde.

Assim sendo, acertei em cheio, dona Lucrécia não se precaveu com velas, agora tenho a sobrinha defronte, a grotesca criatura olha-me com cara de poucos amigos, as sobrancelhas peludas parecem apontar para mim, será que insinua ser eu o motivo da má gestão da casa?, e logo depois de ver o meu trabalho posto em causa por dois peralvilhos, tudo isto é uma indecência, uma pouca-vergonha de proporções bíblicas, não há um dilúvio que limpe toda esta sujeira, mas não me dou por vencido, não, nunca, não acartarei as culpas em silêncio.

— Sem dúvida... a questão da luz...

— Sim, falaremos disso mais tarde. E hoje o senhor terá de jantar fora, se não se importar.

— Oh, claro que não, face a tal constrangimento... o choque... e levada na carroça da fruta!

— É verdade! — grita, afogueada, a criada.

As mulheres falam, não ouço nada do que dizem, a nova megera tomará conta do quarto, dificilmente me apoderarei do dinheiro — se é que existe! —, não, com esta megera é impossível, a primeira coisa que verificará no quarto são as gavetas e o colchão, conta demorar-se tanto que nem jantar teremos, é obsceno, a velha ainda está viva e esta sobrinha alimenta-se da carne quente, mais uma parasita, vivo mesmo numa estrumeira em chamas, não há dúvida, só não vê quem não quer ver, que farei eu agora, como comprarei a casa, será que a velha a venderá?, nunca terei dinheiro a este ritmo, pagamentos de traduções literárias com anos de atraso, esporádicas cartas comerciais, que miséria, é esta a vida de um homem, e tudo acaba numa carroça da fruta!, será que poderia tornar-me um guarda-freio?, mas com este meu peito frágil, o vento que entra no elétrico, tal é perigoso, extremamente daninho para a saúde, que farei, por Zeus, que vida, Helena, onde estarás tu?, fará sol no mar-alto?, aqui as nuvens acumulam-se, choverá, tenho o guarda-chuva no bengaleiro, mas não quero entrar, as mulheres falam, não se calam um segundo, afasto-me silenciosamente, não se apercebem de nada, volto atrás, dobro a esquina, ouço ainda os bramidos diante do edifício, percorro a rua das traseiras, um beco sujo, entrevejo o mísero pátio da nossa casa, transponho o pequeno muro, avanço por entre as hortaliças, apoio um pé num cavaco e espreito pela janela de dona Lucrécia, o seu quarto está vazio, a porta entreaberta, a almofada encontra-se caída no chão, os lençóis remexidos, esforço-me por destrancar a janela sem o lograr, quase escorrego, agarro-me ao peitoril, embato com a fronte na vidraça, miro o interior do quarto, a sobrinha de dona Lucrécia espreita, boquiaberta, pela porta entreaberta, os nossos olhares cruzam-se, desço de imediato do cavaco, viro-me e começo a correr, salto o muro baixo, corro pelas ruas fora, oh, o vexame, não sei porque agi assim, afinal, tenho dinheiro no bolso, sim!, mas de que me serve o dinheiro, tenho saudades de Helena, que faço aqui sem ela, subo a janelas apoiado em cavacos e tombo, chafurdo e não saio do sítio, caminho sem me elevar, ela está tão longe e eu parado, corro pelas ruas como se acossado pela polícia, algumas pessoas fitam-me espantadas, não sei ao certo para onde corro, percorro praças, avenidas, alamedas, a fome não me impede de o fazer, todos me querem destruir, não entro de novo num elétrico, corro sem parar, dirijo-me ao local onde a vi pela última vez, a tristeza controla-me os movimentos, corro rumo ao cais.

XIII

O mundo é uma estrumeira que arde, toda esta água diante de mim é insuficiente para apagar o fogo, arderemos até ao fim dos nossos dias, quero arder juntamente com Helena, nada mais me resta, partiu ontem e estou de rastos, não aguentarei continuar assim, tenho de comprar a casa quanto antes, mas como?, doem-me as pernas, tusso, não sirvo para nada, não sei fazer nada, sou fraco de corpo, só me resta continuar a ser o que sou, um tradutor, tenho de engolir em seco e continuar, jamais comprarei a casa, Helena talvez se ria agora no navio, deixa a infelicidade para trás, queimo tudo em meu redor, não estou certo de ser o mundo a arder ou apenas eu, porque sou o único a sentir estes cheiros, o enxofre, o alcatrão, o contínuo odor a queimado, serei o único a ver a realidade ou só eu ardo?, nunca saberei se todos sentimos o mesmo, não sei ao certo o que eu próprio sinto, tenho um buraco no peito e outro na cabeça, os vermes apoderam-se do meu corpo, mato os inimigos, contudo, não a alcanço, ela corre e eu conservo-me no mesmo sítio, está num navio como estes que vejo, as pessoas sorriem e acenam ao embarcar, o elétrico toca a sua sineta mais adiante, estou transpirado, o estômago ronca, caminho para a frente e para trás num pequeno embarcadouro de pesca, as tábuas de madeira podre rangem sob os meus pés, sei que falo sozinho, em alto e bom som, os marinheiros miram-me com suspeição, julgam-me um bêbado, riem-se, apontam com o dedo, estou desvairado, enlouquecido, não sei o que faço aqui, olho para a água, volto para trás, corro até à paragem de elétrico, sento-me no banco à espera de nada, a dor no peito atinge-me uma vez mais, repetidamente, como pode um tradutor viver sem a sua noiva?, eu não sei, as nuvens escurecem o céu, choverá, levo as mãos à cara, não me barbeio há muito, tenho a pele áspera, tusso, o meu reflexo na água assustou-me, as pessoas fitam-me com repugnância, desci tudo o que tinha a descer, luto contra mim, a derrota é certa, Madame Rasmussen não me ajudou, errei, um elétrico para, não me apercebo de quem entra e de quem sai, afundo a cara nas mãos, ouço os carris chiarem sob a tortura de um guarda-freio sádico, o meu estômago come-se a si próprio, sinto-me momentaneamente bem, esvazia-me a mente, é um alívio, sinto repetidas vezes um toque, uma mão nas minhas costas, ergo a cabeça.

— Ainda bem que o encontro! Trago comigo o seu chapéu desde que o deixou no elétrico.

A voz que ouço é a da mulher do elétrico, a que deixou cair os alhos, o seu nariz de rabanete parece-me agora uma batata, sim, é isso!, *kartofler*, já me lembro do que significa!, tudo faz sentido, ah, como faz!, é maravilhoso, ela tem o meu chapéu, levo a mão ao bolso da camisa, apalpo as notas, resolvi tudo, viajarei para junto de Helena, é essa a solução, não há por que pensar mais nisso, tudo se resolve como convém, a mulher sorri e estica o braço, o chapéu preso aos dedos, agarro-o, levo-o à cabeça, assento-o no crânio.

— Obrigado, minha senhora, fico-lhe muito agradecido.

Ela sorri.

— Ao início, pensei em deixá-lo na estação central, mas, depois, disse cá para mim que seria muito agradável voltar a vê-lo e entregar-lho pessoalmente.

Ela volta a sorrir, eu retribuo com o que penso ser também um sorriso, levanto-me do banco, ela é mais baixa do que eu, não deixa de sorrir, os olhos brilham-lhe.

— Não sei como lhe agradecer, minha senhora.

— Se quiser acompanhar-me até casa, teria muito gosto e sentir-me-ia recompensada.

O cheiro a queimado regressa, sai-lhe da boca um vapor sulfuroso, todo o esterco é remexido por uma poderosa manápula, uma garra criadora agita o mundo, e os homens cambaleiam, tentam erguer-se, o vento arrasta os gritos, ah!, todos somos consumidos pelas chamas, um homem não volta atrás, é pena, sim, uma grande tristeza, todavia, foram tomadas decisões, o vento sopra imperturbável, tudo se resolve como convém.

— Lamento desiludi-la, mas não o posso fazer. Tenho já um compromisso.

A mulher olha para baixo, o sorriso desaparece, retiro o chapéu e pouso-lho na cabeça, olho para o rio, o Sol abre-se em raios refletidos na água.

— O chapéu não me faz falta. Quero que o guarde.

— Mas...

— Sabe o que são *kartofler*, minha senhora?

— Como? Não o entendo.

— E quem me entende? Só a minha noiva!

Afasto-me, abandono junto à paragem do elétrico a mulher dos alhos, tem o meu chapéu na cabeça, mas o chapéu já não é meu, parto em viagem, Helena está algures num ponto marcado no azul do mapa, olho uma última vez para trás e começo a correr, corro pelo cais de madeira podre, as tábuas queixam-se sob o meu peso, os marinheiros observam-me, não deixo de correr, corro cada vez mais depressa, o cais termina, lanço-me à água, é azul, verde-escura, cinzenta, ouço um grito de voz feminina e homens que bradam palavras ao ar, a corrente é forte, não sinto aqui nenhum cheiro, como é calma a água, fria e serena, silenciosa, o mundo deixa de arder, há água suficiente para apagar as chamas, sou levado, durante alguns metros, pela corrente, deixo-me arrastar, esbracejo, atiram-me uma boia, fica a meio caminho, os pescadores desatracam um barquinho, recuso agarrar-me à boia, é humilhante, um pedaço de madeira passa por mim, é leve e curto demais para servir como meio de sustentação, as pessoas amontoam-se no embarcadouro, os pescadores abeiram-se, tento ainda dar uma última braçada, será que nem aqui me deixam sossegado?, quero flutuar, mexer as pernas, chegarei a reunir-me com ela, sou um tradutor, tenho trabalhos incompletos na secretária, alguém os fará, nada disso é agora importante, pois Helena, a minha noiva, espera-me no ponto cor-de-rosa do mapa e, para a alcançar, terei de nadar e percorrer todo o azul profundo do mar.

FONTES
Fakt e Heldane Text

PAPEL
Pólen Bold

IMPRESSÃO
Santa Marta